千里眼 The Start

松岡圭祐

角川文庫 14548

目次

発端

岬美由紀は二十五年前の六月三十日、神奈川県藤沢市のごくふつうの家庭に生まれた。父は会社員、母は専業主婦。

幼少のころは虚弱体質。小食で痩《や》せすぎだったことから何度か救急車で運ばれ、栄養失調の診断を受けている。

幼稚園入園では、私立へのいわゆる〝お受験〟に失敗、以降地元の公立に通うことになる。

小学校に入学後は、意識的に食事をとり身体を動かすことで徐々に正常な発育へと近づき、十歳のころには心身ともにきわめて健康という診断記録が残っている。

しかしながらこの時期、岬は学級においてほかの児童との協調性に欠け、しだいに孤立を深めていったと担任教師の報告にある。

同世代よりも大人びた本を読み、哲学的な思考を好むところがあるため、級友とはものの考え方に差異が生じていたようだ。

人格面で子供らしさに欠けている一方、学業の成績はさほど誉《ほ》められたものでもなかった。授業中にぼうっと窓の外を眺めていることも多く、各教科の教師からは注意力散漫とみなされていた。

中学でようやく私立女子校に入学を果たすと、人並みに友達をつくったり男性アイドル歌手に熱をあげるなど、年齢相応の生活態度をしめしはじめる。

ただし、学業についてはあいかわらずで、かろうじて私立に入るだけの学力は発揮できたものの、授業の進みぐあいについていけず第一学年の成績は散々なものに終わる。

ところが二年の半ばから成績は急激に上昇し、高校入学時には学年のほぼトップの順位に位置するようになった。

急に勉学に打ちこむようになった理由については諸説あるが、おそらくは近くの男子校に通っていた同年齢の生徒、上坂孝行《うえさかたかゆき》を意識するようになったからと推察される。

控えめで優男風、その一方でスポーツ万能という上坂は、岬の通う女子校の生徒たちにとって花形ともいえる存在だった。彼と同じ大学に入学するため、受験勉強に追いこみをかけたというのが有力な見方だ。

ふたりの恋愛感情は深まっていったようだが、上坂の父は防衛庁に勤務する官僚だったため、高校卒業後は息子が防衛大学校に進学することを希望していた。

岬は両親の反対を押しきり、防衛大の数少ない女子学生として入学を決めてしまう。

なお、防衛大が幹部自衛官を養成するための教育機関であることや、卒業後の任官が前提であることなど、当時の岬はなにもわかっていなかったと考えられる。

彼女の頭のなかにあったのは、上坂との仲を深めたい、彼に自分を認めさせたいという一心だけだったようだ。

結局、上坂はほかの女子学生との交際を始めてしまい、岬はここでも孤立する。

だが、そもそも孤独を愛するところのある岬は、厳格かつ規律正しい全寮制の学校生活は性に合っていたようで、第一学年の半ばには学業の面で女子学生のトップに立つと同時に、校友会のあらゆる部活をかけもちして国体レベルの技能を発揮する。

学業においても防衛学の国防論、戦略、統率・戦史いずれも優良で、語学においては必《ひっ》須《す》となっている英語プラスその他の外国語のほか、選択可能な言語のすべてを自主的に学習し、いずれも試験で上々の成績を残している。

やがて航空自衛隊への入隊を希望、空自の幹部候補生学校に進学するが、このとき岬の人生に最大の試練が訪れる。

両親の突然の死だった。

交通事故によって両親が即死したことを告げられた岬は激しく動揺し、一時は除隊を願いでるが、上官に引き留められて思いとどまる。

しかし、死というものを強く意識した後遺症からか、岬はそれまで期待されていた初の女性自衛官の戦闘機パイロットという進路を捨て、ヘリコプター救難隊への編入を希望するようになる。

岬美由紀二等空尉の成績が優秀であることに変わりはなく、人事は覆らなかった。岬は百里基地の第七航空団第二〇四飛行隊に配属され、岸元涼平《きしもとりょうへい》二尉とコンビを組んでF15DJイーグルを操縦、これまでに数多くの領空侵犯措置としてのスクランブル発進を経験している。

パイロットとしての岬の活動内容は防衛大時代と同じく優秀なものだったが、心理面には絶えず葛藤《かっとう》が生じていたものと思われる。

攻撃機に乗ることを拒み、救難のみを職務としたいと考えた岬の姿勢は、ある意味で幹部自衛官の資質を問われるものである。

本日、実質的な査問会議といえるこの席上で、最も注視すべきはこの一点であろう――。

薄暗いホール内でスクリーンに映しだされたプライベート写真の数々は、まるで披露宴での新婦の人生を振りかえるイベントのようだった。

あどけない幼女が、可憐《かれん》な少女となり、自衛官の制服に身を包んでりりしく成長するさまを、数分の解説とともに見せつけられた。そんな気分だ。

だが場内に照明が戻るころには、防衛省内部部局の人事教育局長、尾道隆二《おのみちりゅうじ》はこの場所に祝祭のムードなどいっさい存在しないことを再認識していた。事実上の査問会議だ、主役は祝福されることなどなく、ただ糾弾を一身に受ける立場となるだけだろう。

それにしても、と尾道は、巨大な円卓状の会議テーブルの中央にたたずむ岬美由紀の姿を見やった。

すらりとした痩身《そうしん》、まだ幼さの残る童顔。その外見からは女性自衛官で初めて戦闘機を乗りこなした有能なパイロットという印象をうかがい知ることはできない。

聞けば、過去の教官全員が、いったい彼女のどこに苛烈《かれつ》なGに耐えうる力が潜んでいるのか、分析の結論をだせずにいるという。類《たぐ》い稀《まれ》な記憶力と動体視力、反射神経と運動神経の持ち主。防衛大を首席卒業して以降、めざましい功績に彩られた彼女の経歴と、いま目の前にいる岬美由紀の外見とのあいだに、なおも大きなギャップを感じざるをえない。

岬美由紀二等空尉、二十五歳。身長百六十五センチ、体重はわずか三十九キロだという。防衛大の入学時には基準を満たすだけの体重があったが、その後瘦《や》せたらしい。ほっそりとした抜群のプロポーション、褐色の髪にふちどられた小顔にはフランス人形のように大きな瞳《ひとみ》が見開かれ、鼻すじは通っていて、薄い唇が横一文字に結ばれている。化粧っけはないが、そのぶんだけ端整な素顔であることに疑いの余地もない。

「尾道局長」若い男の声が飛んだ。「なにか気になることでも？」

ふと我にかえり、尾道は周囲を見渡した。列席者の官房長や局長らの視線がいっせいにこちらに注いでいる。

「いや」尾道は咳《せき》ばらいをして、質問をした男を見かえした。「特にないが。どうして私に意見を求めたのかね？」

その男はスーツの上に白衣をまとい、スクリーンの脇に立っていた。いままでスライドの画像をしめしながら岬美由紀の人生をかいつまんで説明していた、その嘱託医の顔。尾道はきょう初めて直視した。

名前はたしか笹島雄介《ささじまゆうすけ》、まだ二十九歳の若さながら、航空機パイロットや乗務員の心理分析において各界から一目置かれているという。

岬美由紀ほどではないが、笹島という男もずいぶん痩せた身体つきに見える。この百里基地に足を踏みいれてから、若者といえば屈強な猪首《いくび》の自衛官ばかりを目にしているせいもあるのだろう。笹島はテニスプレイヤーとピアノの演奏家を足して二で割ったような、爽《さわ》やかさと繊細さを兼ね備えたタイプの男だった。内部部局の職員を含めたこの会議室内でも、やや浮いた存在に思える。

笹島は尾道を見つめて、落ち着いた声でいった。「岬二尉にじっと見いっておいでだったので、なにかお気づきのことでもあったのか、と思いまして」

「いいや。さっきその画面に映っていた赤ん坊が、こうまで美人に成長したのかと、ひそかに感心していた。それだけのことだよ」

列席者が一様に含み笑いを漏らす。

美由紀はしかし、表情を硬くしたままだった。

笹島も笑ってはいなかった。「彼女の過去を説明したのは、それによって今回の事態を引き起こした心理の背景があきらかになるのではと思ったからです。一見、有能かつ順風満帆にみえた岬美由紀二尉の昨今の日常に、二年前の両親の死という暗い影がおちていることを、皆様にお伝えしたかったからです」

尾道はちらと美由紀を見た。美由紀の表情が、わずかに蔭《かげ》ったようにみえた。

「笹島君」発言したのは長官政務官だった。「岬二尉が命令を無視して被災地の楚樫呂《そかしろ》島に救難ヘリを飛ばしたのは、彼女の両親の事故死に起因している。それが精神科の医者としての見解かね？」

「そうです。……ああ、私の仕事は正確にはただの精神科医ではなく、リエゾン精神科医というものです。単純な医療行為のみならず、心理学や脳神経学まであらゆる学問を網羅し、多角的に分析し、カウンセリングまでを専門とし……」

「きみの優秀さには疑問をさしはさむつもりはない。過去の航空機事故に関するパイロットの精神的疾患について、事故調査委員会に提出されたきみの報告書は完璧《かんぺき》なものだったし、今回の分析にも同様の科学的視点を期待している。われわれが知りたいのは一点だけだ。岬二尉は正気だったか否か。正常だったのか、それとも異常だったのか」

しんと静まりかえった会議室内、もの音ひとつしない。美由紀の視線が少し下がったようにみえた。

「お言葉ですが」笹島は冷静な声でいった。「精神面、心理面いずれも、正常か異常かという単純な二極化によって区別できるものではありません。私の見立てでは、岬二尉は両親の死が一種のトラウマに似た心理状態を引き起こし……」

「トラウマ？」

だしぬけに、美由紀がつぶやきかえした。

張り詰めた空気のなかで、尾道はきいた。「岬二尉。発言があれば聞こう」

美由紀は笹島を見つめ、喉《のど》に絡む低い声できいた。「トラウマというのは、幼少のころの体験が元になることじゃないんですか？」

「そうとも限らない」笹島は美由紀を見つめかえした。「俗にいうトラウマは心的外傷、つまり強い肉体的あるいは精神的ショックを受けたことで精神面にダメージを受け、その記憶や感情が無意識下に抑圧され、なんらかの影響を与えることを指す。岬二尉、あなたの場合、楚樫呂島が大地震と津波で甚大な被害を受けたと聞き、かつての両親の死以降ずっと抑圧されていた感情が表出した。救えなかった両親への罪悪感から逃れるため、なんとしても被災者を救いたいという思いが募り、救難ヘリＵＨ60Ｊを無断で操縦、現地での救助活動に参加した」

「いえ……。わたしのなかに、抑圧された感情などというものは存在しません。両親の死は悲しい出来事でしたが、もう過去のことです。わたしはそれを乗り越えました」

「無意識の働きは、表意識ではとらえられないものです。あなた自身は認識していないが、実際に抑圧の影響は受けていた」

「わたしが認識していないって……？　わたし自身にわからないことが、先生にはおわかりになるんでしょうか」

笹島はため息をつき、書記係に向き直った。「岬二尉の履歴についてのテキストを、プリントアウトしてくれないか。直接、彼女に読んでもらうことで納得がいくだろう」

書記係はパソコンを操作した。

が、プリンターはいっこうに作動するようすがない。書記係に焦燥のいろがみえだした。あわただしくあちこちのボタンを押しているが、印字は開始されなかった。

「どうしたんだ」笹島はじれったそうにつぶやいて、書記係に歩み寄った。ふたりでプリンターをいじりまわす。それでもいっこうに事態は改善されない。

側面のパネルを開けて機械部分に手をいれた笹島が、ふいに叫び声をあげた。「あち！」

手際の悪さに列席者たちの表情が曇りだした。

と、そのとき、美由紀がつかつかと笹島に近づいていった。

ハンカチを取りだし、机上のビンから水を注いで濡《ぬ》らす。美由紀は笹島の手をとり、火傷《やけど》しただろう指先にそっとあてがった。

呆然《ぼうぜん》とした顔の笹島の前で、美由紀はボールペンをプリンターの内部に突っこんだ。

「カートリッジからどうやってインクが噴出するのか、ご存じですか。ノズル内のヒーターでインクを瞬間沸騰させて、泡がはじける勢いでインクを射出させるんです。だから内部はとても熱くなってます。ヒーターとカートリッジのあいだに埃《ほこり》が溜《た》まって、インクの熱伝導が悪くなってるみたいですね。……これでいいでしょう」

美由紀が側面のパネルをぱたんと閉じたとたん、プリンターはモーター音を唸《うな》らせながら印字を開始した。

気まずそうに立ちつくす笹島をあとにして、美由紀は元の位置に戻って正面に向き直った。

「どうも」笹島は口ごもりながらいった。「まあ、そのう、岬二尉が博学多才だということは、いまさら議論するまでもありません。しかしながら、心理学においては専門というわけでもないでしょう」

「おっしゃることがよくわからないんですが」美由紀は笹島にいった。「わたしがこうだと思っていることが、真実ではないということですか。無意識なるものが認知の真理を捻《ね》じ曲げていて、正しくないかたちにわたしに錯覚させていると」

「ある意味ではそうです。しかし、問題はあなたひとりだけの気の迷いに起因していないのです。あなたの上官だった板村久蔵三佐が故意に見逃すことがなければ、あなたはUH60Jのエンジンを始動させることも、百里基地を離陸することもなかったはずです」

美由紀の顔にあきらかな動揺のいろが浮かんだ。

尾道は円卓を囲む列席者のなか、制服組のひとりに目を向けた。

頭に白いものが混じった四十代後半の板村三佐は、自衛官のなかでは温和そうな外見で、実際に控えめな性格の男だった。いまも同僚たちの険しい視線にさらされ、困惑ぎみに目を伏せている。

そのさまは、不意の糾弾に驚いたというよりは、事前からこの事態を予測していたことをうかがわせた。来るべきときが来た、そんなふうに覚悟をきめている。尾道の目にはそう映った。

笹島がいった。「板村三佐は岬二尉の命令違反を知りながら、これを黙殺し、のみならず、岬二尉が一時的に救難部隊に編入されたという嘘の事後報告を捏造《ねつぞう》し問題の隠蔽《いんぺい》を図りました。当時の救難活動を取り仕切る立場でありながら、これは重大な組織への背信行為です」

「お待ちください」美由紀があわてたようすで口をさしはさんだ。「板村三佐はわたしを引き留めようとしましたが、わたしが無理に離陸を企てたんです。板村三佐はけっしてわたしに同調されたわけでも、共感されたわけでもありません」

上官をかばっているな、と尾道は思った。

実際には笹島の言うとおり、板村が救難機の運用を許可しないかぎり、岬美由紀の謀反は実現しなかった。美由紀がUH60Jに乗りこんだ直後に、板村が離陸を手助けするかのように管制塔にヘリの発進を命じた記録も残っているのだ。

「それで」尾道は笹島にきいた。「板村三佐の規則違反の原因については、どう分析する?」

「板村三佐の精神鑑定、心理分析はすでに完了しています。結果、板村三佐の場合も過去の経験に基づくトラウマが判断の誤りを引き起こしたものと推察されます。十四年前、CH47を操縦中にオイル系統の異常のため墜落、当時は一尉だった板村三佐を除く乗員全員が死亡しました。みずからも重傷を負った板村三佐は以後、地上勤務となり、緊急時にたびたび業務の手順を失念するなどミスが報告されています。こうしたことから、板村三佐の場合も過去の事故の記憶が無意識の抑圧となって残り、切羽詰まった事態において冷静な対処法をとることができないなどの弊害をもたらしていると考えられます」

「トラウマを持つ者どうしが共感しあって、一致協力して命令違反を働いたというのか?」

「そうとも言えますが、事情は岬二尉より板村三佐についてより深刻です。TATなどの心理検査の結果、板村三佐は人の生死に関わる重大な決定を迫られた際、ひどく落ち着きがなくなり集中力を欠くことがあきらかになっています。岬二尉のほうはやや独善的という難点はあるものの、更生の余地があります。けれども板村三佐の場合は……」

「幹部自衛官として命令を下す立場としては、問題がある。そういうことだな」

沈黙が降りてきた。冷ややかな視線が板村に降り注ぐ。板村は押し黙り、両目を閉じていた。

「やむをえん」尾道は列席者に向けていった。「いまの報告を踏まえ、人事教育局長としては、上官である板村三佐の責任のほうを重く見ざるをえない。岬二尉についてはしばらく謹慎処分とするが、板村三佐はその任を解くことが妥当と思われるが、如何《いかが》だろう」

厳しい処分については、逆にあいまいな物言いでも充分にその意味は伝わる。実際、列席者たちは一様にうなずいて同意をしめした。

だがそのとき、美由紀が発言した。「なぜですか。あのとき救難部隊のパイロットはトラブルで到着が遅れ、ヘリは準備を完了しながらも離陸できずにいました。その一方で、楚樫呂島の被災者は一刻も早い救難活動を必要としていました。規則に背いたことは事実ですが、そのおかげで救われた命も数多くあったのです。緊急時における命令系統について見直しこそすれ、板村三佐を解任するなんて納得がいきません」

「審議はもう終わった」

「いいえ！」美由紀はかすかに潤んだ目で尾道を見据えた。「これは審議とは言えません。精神鑑定、心理分析の名のもとに、嘱託医の独断によって裁定が下されたも同然じゃないですか。トラウマだなんて……。嘱託医の報告にどれだけの科学的裏づけがあるのか、検討の必要があるはずです」

笹島がため息をついた。「ずいぶんな言い方だね。僕もそれなりに、この道では人を認めさせるだけの仕事をしてきたつもりだよ」

尾道は苛立《いらだ》ちを抑えながら美由紀に告げた。「嘱託医の笹島君の報告がすべてではない。私は長官に今回の人事的裁断のいっさいを任されているし、あらゆる事情を踏まえたうえで結論をだすつもりだ」

美由紀のまなざしに敵愾心《てきがいしん》が浮かびあがった。「もし板村三佐を解雇することがあるなら、わたしも除隊します」

列席者が面食らったようすで、驚きの声をあげる。ざわめく会議室で、尾道も衝撃を受けていた。

「正気か」尾道は吐き捨てた。「幹部自衛官としての言葉の重さを承知したうえでの発言だろうな、岬二尉？」

「無論です」美由紀は静かにいった。「北朝鮮の不審船を見逃しつづける昨今の防空体制にも不満は募っていました。除隊の意志があることを、仙堂芳則空将にはすでにお伝えしてあります」

制服組がいっせいに立ちあがり、大声でなにかを怒鳴り散らした。内部部局の職員らも同様に身を乗りだして発言しはじめたせいで、会議は混乱の様相を呈してきた。当分、収拾がつきそうにもない。

喧騒《けんそう》のなかに険しい表情でたたずむ岬美由紀を、尾道はじっと見つめていた。

彼女の言っていることは正しい。だが、世は正しければすべてがまかり通るというものではない。

幹部自衛官としては潔癖すぎたか。十年早かった。彼女がではなく、組織がだ。自衛隊はまだ、そこまで成熟し洗練された集団とはなりえていない。

新たな人生

会議が終わり、ざわめきとともに内部部局の職員たちがホールから廊下へと吐きだされていく。

岬美由紀は、その隙間を縫うようにして小走りに駆けた。

行く手に、ひとりうな垂れて歩いていく板村の背がみえた。美由紀は歩を早めながら声をかけた。「板村三佐」

板村は足をとめ、ためらいがちな素振りでゆっくりと振りかえった。

その表情はいつものように、穏やかなものだった。板村は空自の上官にはめずらしく、目をいからせて見かえすことがない。その父親のような優しいまなざし。美由紀はふいに、強い罪悪感にとらわれた。

思わず声が詰まる。美由紀は囁《ささや》きのように漏れた自分の言葉をきいた。「申しわけありません……」

と、板村はそっと片手をあげて美由紀を制した。「なにを謝るんだね？」

「わたしの身勝手な行いのせいで……」

「それは違うだろ、岬二尉。私ときみとでやったことだ。きみが救難ヘリを飛ばそうとしたときには心底驚いたが、私はきみが功名心や安っぽい正義感で行動したとは思っていない。規則に反してはいたが、きみは正しいことをした。いまでもその思いは揺らいではいないよ」

「ですが……。板村三佐は、わたしをかばったがゆえに……」

「規則に反した時点で、罰則は覚悟のうえだったよ。それよりだ、岬二尉。楚樫呂島の小学校から届いた葉書、覚えているか」

「はい……。救難隊のパイロット待機所に貼りだされてますから」

「そうだったな。十二歳の女の子が児童を代表して、お礼を書き連ねてくれた。色鉛筆で隊員の絵が描いてあったが、とても上手《うま》かったな。あれは救難隊の新田二尉と山本一尉、それにきみだな」

美由紀は思わず苦笑した。「ええ。三人ともよく特徴をとらえてました」

「きみの操縦したUH60Jは、倒壊寸前の校舎に唯一駆けつけることのできた機体だった。海底火山が爆発した影響で水蒸気が噴煙状となって噴きあがっていたし、気流も不安定だった。並のパイロットでは近づけなかった。きみの腕があればこそ、あの児童たちは救われたんだ」

「板村三佐……でも……」

「私にも同じ年頃の娘がいる」板村は微笑した。「きみはよくやってくれた。直属の上官ではなかったが、誇りに思う」

それだけつぶやくと、板村は敬礼をして踵《きびす》をかえし、歩き去っていった。美由紀にはそう思えた。これ以上、話しかけられることを拒む沈黙の背が遠ざかっていく。美由紀にはそう思えた。

美由紀のなかにこみ上げてくるものがあった。板村三佐に小学生の娘がいる、そのことは何度も聞かされていた。妻にも娘にも会う時間がない、かつて彼はよくそうこぼしていた。

これからは充分な時間がある。充分すぎるほどの時間が。板村の微笑は、そう告げていたようにも感じられる。

責任はすべて俺がとる、あのとき板村はそういった。だがわたしは、その言葉に甘んじてよかったはずがない。わたしは、理解をしめしてくれた上官を失職に追いやってしまった。

恩を仇《あだ》で返した。入隊して二年、それがわたしの自衛隊に残した結果だった。

すでに会議の参加者たちは廊下を去り、辺りは閑散としていた。美由紀はその静寂のなかにたたずんでいた。

そのとき、背後から笹島の声が飛んだ。「本気じゃないんだろう？」

美由紀は振りかえった。笹島の澄ました顔がそこにあった。

こちらを気遣うような、わずかに憂いを帯びた目。そのまなざしに、かえって憤りが募る。

「なんの話？」と美由紀はぶっきらぼうにきいた。

「いま会議で発言したことだよ。除隊するとかなんとか」

「もちろん本気よ。わたしは上官の前で公言したことを、撤回したりしない」

笹島は頭をかきながら、ため息まじりにいった。「頭に血が昇って、はずみで口にしてしまったことを訂正するのは、けっして恥ではないよ」

「わたしは冷静よ」

「どうかな」

「それって精神科医としての見立て？」

「まあそうだ。岬二尉、きみは幹部候補生学校の在学中に両親を亡くしたとき、その場にいられなかったことをしきりに悔やんでいる。一緒にいれば助けられたのに、とね。二度と同じ後悔を抱きたくないという強迫観念に駆られ、命令無視も厭《いと》わないと判断を下した」

「両親の死の悲しみなら乗り越えたって言ってるでしょ。笹島先生。航空機パイロットの心理分析に詳しいそうだけど、戦闘機乗りの気持ちもわかるの？　わたしが生と死についてどう考えているか、本当に理解できるの？」

「きみ自身がわかっているつもりのことでも、実際には……」

「ああ、無意識ね。でもそれって、なんだかちょっと都合よすぎない？　だって、本人さえもわからないのに、精神科医の先生だけが無意識の影響を見抜いて、占い師のように自分探しを手伝ってくれるなんて。あなたが間違っているかもしれないっていう可能性はどうして吟味されないの？」

「科学は独断ではないよ。アメリカ精神医学会には、ＤＳＭという手引き書がある。すべての理論はそこから導きだされる」

「そう。それなら、わたしにもその手引き書を繙《ひもと》くことで真実がわかるってことよね」

「精神医学は臨床も重視される。実際に患者を前にした経験がなければ困難だよ」

「それなら、次の就職先にそういう仕事を選ぶまでのことよ」美由紀はそういって、廊下を歩きだした。

困惑したような間をおいて、笹島が追ってきた。「待つんだ、岬二尉。医師免許の取得はそうたやすいものではないよ」

「医者になるときめたわけじゃないわ。あなたの理論の是非をたしかめる専門家は、精神科医だけじゃないもの」

「すると、カウンセラーとか？　臨床心理士の資格でもとるのかい？」

「悪くないわね。防衛大はふつうの大学と同じように、卒業とともに学士の学位も授与される。首席卒業の場合、臨床心理士の指定大学院制度から特別に除外されて資格取得条件を満たすって話も聞いたし」

「かなり難しい専門知識を試されるよ。試験も難しいし、そこでも臨床の経験を問われる」

美由紀はふたたび足をとめ、笹島を見つめた。「悪くないんじゃない？　試験に合格するころには、わたしのあなたを見る目も変わるかも」

「僕を疑っているのか？　心外だな」

「いいえ。ただ、真実を知りたいの。わたしはどう思われようとかまわない。でもあなたは、板村三佐までも精神面に問題があるかのように報告して、上官に不適格という印象を上層部に与えた。幕僚監部も異議を唱えなかったし、板村三佐は失職することになる。あなたのトラウマ理論とやらが、さももっともらしく受けいれられる土壌が整っていたせいで、板村三佐はクビを切られた。わたしには、そこが疑問なの。板村三佐は同僚の死をひきずるなんて、そんな弱い人であるはずがない」

「無意識というものは……」笹島は口をつぐんだ。あきらめたような面持ちで美由紀を見つめながら、笹島はつぶやいた。「どれだけ力説しても、現段階では受けいれてはくれないようだな」

「ええ。いまは漠然と感じている疑問を、理論を学ぶことによって証明してみせる。わたしにはその自信があるの。あなたが間違っていたことを上層部に納得させて、板村三佐を復職させる。それがわたしの当面の目標ね」

ふたたび歩きだす。もう立ちどまることはないと心にきめた。

制服をこの身にまとうのも、きょうが最後だ。明日からはまた、未知の荒野に新たな一歩を踏みだすことになる。

「岬二尉」笹島の声が静かに告げた。「幸運を」

それが皮肉だったのか、本心から勇気づけようとしたのか、たしかめるすべはなかった。振り向いてその顔を見たところで、わかることはなにもない。

けれども、いずれはわかるようになる。美由紀はそう思った。心理学なるものを極めれば、人の心について考えもしなかったほど深く精通することができるだろう。

きっとそうなる、美由紀はみずからに言いきかせた。その域に達しなければ、わたしは上官を救うことができない。

カウンセラー

透き通った秋の午後の陽射しが降り注ぐ外苑《がいえん》東通りを、岬美由紀はオレンジいろに輝くランボルギーニ・ガヤルドのステアリングを切って、本郷方面に向け駆け抜けていた。

納車されてからずっと忙しくて乗ることのできなかったこのクルマは、ランボルギーニというブランドは名ばかりで、中身を作っているのはアウディというしろものだ。だがそれだけに、ドイツ車特有の厳格な設計がドライブ中の安心につながる。eギアというセミオートマも運転しやすい。ディーラーは車体の大きさのわりに運転席が狭いと申しわけなさそうだったが、F15のコックピットにくらべれば充分なゆとりがある。

Tシャツにデニム地のジャケット、ジーパンにスニーカー。平日の昼間からこんな恰好《かっこう》でクルマを転がしていると、いまや自分は無職なのだと痛感する。当面は自衛官時代にほとんど手をつけなかった貯金を食いつぶしていけば、生活に支障はない。が、それにも限度はある。

早いうちに職に就かねば。それも人生において意義のある職に。

本郷通りに入ると、太陽の直射を真正面にとらえた。美由紀はフェラガモの淡いグリーンのサングラスをかけて、まばゆい光線を凌《しの》いだ。視界は若干見えづらくなっても、ほんのわずかな動きにも眼球が反応し、捕捉できる。マッハの速度は、日常生活には過剰なほどの動体視力を養成していた。法定速度を守って運転している身としては、あらゆるものの動きが目に飛びこんできてわずらわしい。

カーナビのしめす番地に着いた。やや古びた五階建ての細いビルの前に、ガヤルドを停める。看板には三階、日本臨床心理士会事務局とあった。

ここか。美由紀はクルマからでて車外に降り立った。街なかだというのに、閑静な環境だった。東大もすぐ近くにある。学ぶ場所としては適した立地のようだ。

ビルの玄関を入って、途方に暮れた。受付もなにもなく、ホールにエレベーターがあるだけだ。仕方なくそれに乗り、三階のボタンを押した。

上昇したエレベーターがほどなく停まり、扉が開く。そこは病院の待合室のように、いくつもの長椅子が並べられた空間だった。明かりは消えていて薄暗い。ひとけもなく、ひっそりとしている。

「こんにちは」美由紀は戸惑いながらも、歩を進めていった。「誰かいませんか」

奥には間仕切りがあって、いくつかの小部屋が存在しているようだ。物音がした。人の気配がする。

扉のひとつが開き、ひとりの男がでてきた。

その男は小太りの体形を茶いろのスーツに包み、髪は七三分けで、口のまわりにひげをはやしていた。不精ものにも見えるが、どこか上品な印象もある。知的な職業に就いている人間特有のオーラかもしれない。年齢は三十代後半ぐらい、手にした書類に目を落として、ぶつぶつとつぶやきながら歩いてくる。

てっきり呼びかけに応じて出てきたのかと思ったが、違うようだ。男は美由紀に気づいたようすもなく、ひたすら書面をにらみながら前進しつづける。長椅子を器用に避《よ》けて歩くことができるのは、ここに長く勤めていることの証明でもあるようだった。

「すみません」と美由紀は男に声をかけた。

髭《ひげ》づらの男はびくっとして顔をあげた。目を丸く見開いて、口をぽかんと開き、美由紀を眺める。

「あのう」驚いた顔のまま、男はつぶやくようにきいてきた。「なにか?」

美由紀は当惑を覚えながらいった。「ここ、日本臨床心理士会の事務局でしょうか?」

「ええ……。まあ、そうですけど。……どんな御用でしょう? ご相談があるなら、カウンセラーがいる時間でないと……。それとも急ぐとか？　家出してきたとか？」

「家出？」

「いや、あの。サングラスとか、してるから。そういう女の子は、ご家庭にいろいろあったんじゃないかと」

そういえば、まだサングラスをかけたままだった。美由紀はそれを外しながら、男を見つめた。「わたし、十代ってわけじゃないんですけど」

男は心底驚いたように、よりいっそう目を丸くしていった。「そうなの？　いや、てっきり学生さんかと……。若く見えるね。その服装のせいかな」

少なくとも、この男が口べただということはよくわかった。

ただし、人柄は悪そうではない。嫌味も感じられないし、人と話すのが苦手というだけだろう。臨床心理士という職種の事務局で出会うにしては意外なタイプだった。

「岬美由紀といいます」美由紀は自己紹介した。「臨床心理士の資格取得をめざして勉強したいと思いまして……」

「え？　ああ、そうなの？　勉強なら、指定大学院に入って各自がやることだけど……」

「そうなんですけど、臨床心理士の友里《ゆうり》佐知子先生の紹介できたんです」

「へえ、友里先生の……。どういうご関係なの？」

「楚樫呂島救助活動でお会いしまして。友里先生は東京晴海医大付属病院の院長もされてますから、医大に入りなおす道も勧めてくれたんですけど、なるべく早く資格を取得したいので。とりあえずは友里先生の世話にならずに、自分で学習できるところを探そうと思ったんです」

「ああ！」男は口をあんぐりと開けた。「あなたが岬さん？　防衛大を首席卒業したって？」

「はい……」

「こりゃあ、びっくりだ。いや、驚いたなぁ。連絡は聞いてたけど、まさか女の人だなんて」

「臨床に参加させていただけるうえに、資格試験のための指導もしてくださる方がいると聞いてきたんですけど」

「ええ、そうです。私が、そのう、引き受けるといいました。舎利弗浩輔といいます。どうぞよろしく」

「あなたが、舎利弗さん……？」美由紀は戸惑いながらいった。「失礼ですけど……臨床心理士、なんですか？」

「ええ。もう、長いことやってます。先日も五年の期限のＩＤカードを更新して、六年目に突入したところで。ああ、冷たいもの飲む？　マックスコーヒーとかマンハッタン・ダイエットコーラとか、マイナーなものしかないんだけど」

「いえ、お構いなく……。さっき家出とおっしゃいましたけど、そういう少年少女がここに相談に来るんですか？」

「そうだね、たいてい病院や学校などから紹介されて、こちらにまわされてくる場合がほとんどだけど……。あの小部屋はカウンセリングブースで、一対一の対話でいろんな療法を試みるんだよ」

「へえ……」

しばしの沈黙のあと、舎利弗がきいてきた。「渋谷《しぶや》とか、行ったりするの？」

「え？　渋谷の、どの辺りにですか？」

「いや、どこってことじゃないんだけど……。買い物とか、そういうところに行くのかなって。この仕事してると、まともな女の人とはあまり会わないんで……。参考までに聞いておこうかな、と」

「わたしも、まともじゃないって自衛隊ではよく言われてましたけど」

「そうなの？　自衛隊で、どんなことしてたの？　戦車とか乗ったりした？」

「あのう。よろしければ、今後の勉強のために質問したいことがあるんですけど」

「どんなこと?」

「トラウマ論っていうのは、臨床心理学の世界で実在すると証明されてるんでしょうか」

舎利弗は唸《うな》った。「トラウマね……。まあ、そういう理論でもって分析することはあるけど……」

美由紀はため息をついた。やはり、あの百里基地の会議での笹島の発言をひっくりかえすには、みずから知識を身につける以外に方法はないようだ。又聞きというかたちでは、たとえ専門家であっても証明することはできないだろう。

「さっそく教えてほしいんですけど」美由紀はいった。

「いいけど」舎利弗は面食らったようにたずねてきた。「今すぐ?」

「ええ。早ければ早いほどいいので」

「わかった。……じゃあ、ちょっとそこに座って」

長椅子の端に美由紀は腰を下ろした。舎利弗は、何列も前方の椅子に後ろ向きに座った。

「なんでそんなに遠くに座るんですか?」

「あまり女の人に近づいたことがないんで……まともな女の人にはね」

まとも、という言葉を舎利弗はしきりに口にする。臨床心理学のプロの世界では小難しい症名が飛び交っているのではと推測していたが、そうでもないのだろうか。それとも、この舎利弗という人特有の物言いだろうか。

「まず」舎利弗は咳《せき》ばらいをした。「岬さん。心理学という言葉に、どんなものを連想する?」

「心理分析とか、精神鑑定……。インクのしみを見て、どう思うかっていうテストとか。ああ、よくある占いみたいなものも思いつく。何人掛けのテーブルかとたずねて、その椅子の数が将来の子供の数とか」

「それらの類《たぐ》いは、いっさい忘れてくれないか。世に出まわっている心理学という名を冠したもののほとんどは、こじつけじみたお遊びにすぎないんだ。心理学のみならず、大脳生理学とか、人間の感情や思考、人格面に関わる理論とされる事柄には非科学的な迷信が多い。目の動きで心のなかがわかるっていうのも……」

「ああ、ありますね。ええと、右上を見たら見覚えのないものを想像していて、左上を見た場合には以前に記憶したものを思いだしてるっていう……」

わずかに権威性の感じられる顔になった舎利弗が、きっぱりと言い放った。「それも忘れてくれ。非科学的だ」

美由紀は意外に思いながらきいた。「これも事実じゃないの?」

「そう」舎利弗はうなずいた。「臨床心理士になるには、そんなことを信じてちゃいけない」

ミラノ

イタリアのフィレンツェにある〝ノイロサッピアーモ〟は、遊園地用のアトラクションを製造する大手企業の子会社にあたる。

業務内容は、それらアトラクションに使用されるさまざまな仕掛《ギミック》けを開発することだった。社名はイタリア語で、我々はそれを知っている、という意味になる。世間をあっと言わせる方法を熟知している会社、そんなさりげない主張をこめた名だった。

しかし、東大の理工学部を卒業してイタリアに渡った小峰忠志《こみねただし》にしてみれば、その会社は想像を超えた発想を生みだすどころか、ただ時代に乗り遅れただけの烏合《うごう》の衆にみえた。

面白そうなギミックが開発できれば買いあげてやる、親会社がそう告げているにもかかわらず、ノイロサッピアーモはメリーゴーランドや観覧車といった古式ゆかしい設備の改良案でお茶を濁すばかりだった。

日本の一流メーカーへの就職試験にことごとく失敗した小峰だったが、それなりの勉強は積んできたのだ。巨大テーマパークの呼び物になるぐらいの斬新《ざんしん》な仕掛けを生みだし、再起への道に第一歩を踏みだしてやる、そう心にきめていた。

にもかかわらず、現状のノイロサッピアーモでは予算の確保どころか、開発チームすら満足に組織できない。仕方なく、定年まぎわで干されていた営業部の男と、電子機器の修理課にいた若者を仲間に加えて、自発的に開発に取り掛かることにした。

小峰が着目したのは、お化け屋敷《ホラーハウス》やそれをモチーフにした屋内ジェットコースターなどに必要とされる、〝存在するものを無いように見せる〟技術だった。

世界のテーマパークでは、いまだにこの幻想《イリュージョン》の実現のためには、鏡を使ったトリックが用いられている。

立方体の箱の中に鏡を斜めに立てておくと、側面の内壁が鏡に反射して奥の壁に見え、なにも入っていないように見えるという古典的なトリック。テーブルの下が透けてみえるようにするときにも、お化けに扮《ふん》したキャストが突然現れる場合にも、すべて鏡の屈折が現象の要《かなめ》になっていた。

「鏡のトリックなんてもう古い」と小峰は、やる気のなさそうな経営陣の前でプレゼンテーションをした。「百年以上前のロンドンの見世物小屋でも、目の肥えた観客から野次を浴びせられていたしろものです。私はこれを根本的に変えてみせます」

小難しい幾何光学の屈折率の求め方や色収差、ザイデル収差の理論などをホワイトボードに書き連ねて粘るうちに、経営陣は耐えきれずに折れた。意味はさっぱりわからんが、きみに賭《か》けてみよう、でっぷりと太った取締役はそういった。ただし開発に失敗したら、その赤字の責任は身をもって償ってもらう。

一年がかりで小峰のチームが作りだしたのは、アクリルとゴムの樹脂を混ぜて作られた柔軟な固体を素材とした、直径三十センチ、長さ四メートルの円筒だった。

透明なこの円筒は、まっすぐにした状態で上部の切断面を覗《のぞ》くと、当然のことながら下部の切断面の向こう側が見える。ところが、この円筒を直角に捻《ね》じ曲げても、やはり下部の切断面から直進した光景を上部切断面が映しだすのだ。すなわち、どんな形にも曲げられる潜望鏡のような物質だった。小峰はこれをフレキシブル・ペリスコープと名づけた。

フレキシブル・ペリスコープは、バッテリーも機材も必要とせず、チューブ自体の光学特性でその現象を発生させる画期的なものだった。光線が異なる媒質の接合面で折れ曲がるという、幾何光学の初歩の定理を生かしたもので、薄いアクリル・ゴム合成樹脂の透明な円盤状凹レンズ、および凸レンズを各二十万枚、交互に重ね、その隙間に水の三・五二倍の密度がある液体キセノンを封じこめ、周囲をゴムで密閉して作られていた。これにより、円筒の端から入った光は、円筒がどう曲がっていようとその内部に沿って屈折して進み、反対側の端に抜ける。

このフレキシブル・ペリスコープ自体は、小峰がめざす開発のまだ初期試作段階にすぎないものだったが、結果を待ちきれなかった経営陣は早急にこれまでの開発実績をしめすように指示してきた。小峰は仕方なく、フレキシブル・ペリスコープの試作品を彼らに見せた。

経営陣は、それが自由に曲げられる潜望鏡という新発明であることは認めながらも、いったいどんなアトラクションの役に立つのだと苛立《いらだ》ちをあらわにした。フレキシブル・ペリスコープ自体で人を驚かせられるのはわずか数秒で、ほどなく観客は、そういう物質もあるのだろうと納得してしまう。遊園地より学者の研究発表会向けだと揶揄《やゆ》する声もあった。

これがゴールではないと小峰は力説したが、経営陣はフレキシブル・ペリスコープ一本を製造するのに七千万ユーロもの巨額の費用がかかるとわかった時点で、どんなかたちであれ、これをアトラクションに活用して元がとれる計算にはならないと判断を下した。小峰の開発チームの三人はいずれも解雇を言い渡された。

ふたたび行くあてのない放浪の旅が始まった。しかも今度は、大いなる挫折《ざせつ》を背負うかたちで。意気消沈した小峰は、ナポリ郊外の安酒場で毎晩のようにウィスキーをあおった。

そんなある日、身も心もぼろぼろになった小峰の隣に、ひとりの女が座った。

その女は小峰のみならず、酒場にいた全員の酔いを醒《さ》ますほどのルックスの持ち主だった。すらりとした長身はスーパーモデル並み、一九五〇年代のヴァカンス・スタイルを思わせる優雅なドレスの着こなし、耽美《たんび》そのものの顔には寸分の狂いもない完璧《かんぺき》なメイクが施され、金髪のロングヘアに縁どられていた。

ミラノ・コレクションのモデルが迷いこんできたのか。小峰は呆然《ぼうぜん》とその女を眺めていた。よくみれば顔はイタリアというより北欧系だ。白い肌は透き通るように美しい。まるでフレキシブル・ペリスコープのように。

「小峰忠志さんね」と女は妖《あや》しげな微笑を浮かべて、声をかけてきた。

驚いたのは、女が小峰の素性を知っていたせいばかりではなかった。彼女が発した言語は、流暢《りゅうちょう》そのものの日本語だったのだ。

「あんた……誰だ?」

「申し遅れたわ」女は名刺を差しだしてきた。「ジェニファー・レイン。マインドシーク・コーポレーション特殊事業課、特別顧問という役職ですの」

「マインドシーク……?」

「ご存じない? 売上高は前年同期比十八パーセント増の三十五億ドル。純利益は四十二パーセント増えて七億六千五百万ドル。急成長の企業ですのよ」

「あいにく、アメリカの会社についちゃ馴染《なじ》みがなくて……」

「そうでしょうね。ノイロサッピアーモに入社以来、一日も休むことなくフレキシブル・ペリスコープの開発に携わってきたんですもの。経済紙に目を通す暇《いとま》すらなかったでしょうね」

「な……」小峰は衝撃を受けた。「どうして知ってるんだ。社内秘扱いだったのに……」

「小社に見抜けない秘密なんてないんですのよ、小峰さん。あなたほどの優秀な人がアトラクション開発業に追いやられ、しかもその業績を無視されるなんて。ノイロサッピアーモも見る目がない会社よね」

「……そうとも。奴らはビジネスの需要のことなんか考えちゃいない。昼間からワインを水がわりに喉《のど》に流しこんで、夜にはなにを食おうか、そればかり話してる連中さ」

「でも彼らは、遊園地に自社のアトラクションが採用されて初めて金を手にできるのよ。どんなアトラクションに転用可能か、思いつかなかったんじゃないかしら」

「それは連中の想像力の欠如だよ。いいかい、フレキシブル・ペリスコープは実験用の試作品にすぎない。たしかにそこまでの開発に時間も金もかかりすぎたが、成功した以上はさらなる画期的な発明につながるはずだった。フレキシブル・ペリスコープは直径三十センチもあるが、これを〇・五ミリにまで極細にする。大量生産ラインをつくって、数百万本を製造する」

「そんなことが可能なの？」

「ああ、素材はグラスファイバーにすべきだけどね。どんなに曲がっていても、内部を光がまっすぐに進んでくれる直径〇・五ミリのファイバー。これをびっしりと隙間なく並べたら、どうなると思う？」

「ハリー・ポッターの消えるマントね」

「そうなんだよ！」小峰は声を張りあげた。「無数のファイバーの端を集めて物体の表面を埋め尽くし、もう一方の端は物体の背後に展開する。もちろんその中間のファイバーは物体を側面から迂回《うかい》する構造だ。このようにすると、光はその物体の向こう側にそのまま突き抜けるため、物体はないように見える。ほんの四、五メートルも離れれば、そこになにかが存在しているなんて疑いもしないはずだ」

「画期的ね」ジェニファーは微笑を浮かべつづけていた。「レーダーに映らないステルス機も目には見えるけど、それで表面を覆えば視認もきかない。パーフェクト・ステルスね」

不穏な空気を感じとり、小峰はジェニファーを見つめた。「軍事面への転用は困る。人の集まるテーマパークで大衆にお披露目して、あとは特許料で儲《もう》けていくビジネスだ」

「もちろん、わかっているわよ。あなたの遊び心に溢《あふ》れた開発精神に乾杯したいわね。そして、これからのわたしたちの未来に」

「なんだって？　僕らの未来？」

「そうよ。あなたの開発、わたしたちが資金提供するわ」

「あ……あの、申し出はありがたいんだが……極細のフレキシブル・ペリスコープ一本を作るだけでも、とんでもない予算が……」

「どうってことないわ。小社はグループ企業なの。あなたの発明にはグループ全体が支援を約束してくれるでしょう」

「そんな」小峰は落ち着かない気分になり、苦笑してみせた。「とても信じられないよ」

「けど、このままじゃただ酔いつぶれているだけでしょ？　将来をみずから閉ざすことになるけど、それでもいいの？　あなたの才能は、あなた自身がいちばんよくわかっているはずよ」

しばらく沈黙があった。ウェイターはそ知らぬふりをしてグラスを拭《ふ》いている。店内のほかの客も同様だった。

日本語だ、彼らにわかるわけもない。だが、もしイタリア語だったとしても、誰もが一笑に付す話だろう。泥酔者呼ばわりされてからかわれるのがオチかもしれない。

俺はこいつらとは違う。それをわからせてやる。全世界に。

小峰はジェニファーにきいた。「それで、いつ始める？」

ジェニファーの目が鋭く光ったが、まだ表情には笑みが留《とど》まっていた。

ゆっくりと立ちあがりながら、ジェニファーは静かに告げた。「こちらから連絡するわ」

トレーニング

夕方から二時間は、品川にある赤十字福祉センターの臨床精神医学棟で、先輩の臨床心理士である舎利弗の指導を受ける。それが岬美由紀の日課だった。

窓から夕陽が差しこみ、オレンジいろに染まった廊下に歩を進めながら、舎利弗は美由紀にたずねてきた。「じゃあ、気分障害のうつ病性障害について、大うつ病性障害について説明してみて」

美由紀は歩調を合わせながらいった。「重症のエピソード性うつ病で、症状が二週間以上持続。男女比率は一対二で、女性のほうによくみられる症状。早朝には悪化、精神運動または興奮が認められる。自律神経兆候を伴い、妄想と幻覚も生じる。遺伝的要因もみられる」

「いくつかのタイプに区分されるけど」

「ええ。慢性、季節性、メランコリー型。それにヒステリー性不快気分症、仮性痴呆《ちほう》、二重うつ病。小児や、妊婦が出産し四週間以内に始まる症状もあって、それぞれに特色がある。このほか、特定不能のうつ病性障害として、たとえば反復性短期うつ病性障害、小うつ病性障害、月経前不快気分障害などがある」

「驚いたな」舎利弗は心底感心した様子だった。「つい二週間前から勉強を始めたばかりだってのに、テキストの重要な部分についちゃぜんぶ頭に入ってるみたいだ」

「記憶には自信があるほうなの」美由紀は笑ってみせた。「でも、ちょっとわからないことがあって」

「ほう。どんな？」

無人の教室に歩を踏みいれる。視聴覚の教育資材が整ったこの部屋は、舎利弗からマンツーマンの指導を受けるための重要な場所だった。

美由紀は椅子に腰を下ろしながらいった。「気分障害の兆候を察することとなんて、ほんとに可能なの？　相談者《クライアント》が悲しみや空虚感を覚えていて、いつも抑うつの気分に陥っていたり、苛立《いらだ》ちを覚えていたりするのがその基準だって書いてあったけど……。どこからそれを判断するの？」

「その人自身の言明または、他者による観察。ＤＳＭにもそう記してあったと思うけど」

「ようするに、本人がしゃべるか、それとも外見上、涙を流してたりして悲しそうな顔だと判断するか、そのどっちかってことよね」

「まあ当然、そうなるね。でも相談者が本当のことを告白しているとは限らない。真の感情は、カウンセラーの側が見抜かなきゃならない」

「自信ないなぁ」

「どうして？」

「わたし、あまり人と目を合わせないほうだったの。表情を見て、喜んでいるのか悲しんでいるのかぐらいはわかるけど、思い違いをすることも多くて。第二〇四飛行隊の同僚に、なにをそんなに怒ってるのって問いかけたら、悩んでるんだよって言われちゃったりして」

「ああ、それらふたつの感情については、表情は似たものになるからね。でも美由紀なら、そのうち勘が働くようになるよ」

「舎利弗先生は、わたしがいまなにを考えているのかわかる？」

ふいに舎利弗は、初めて会ったときのようにおどけた顔になり、口ごもりながらいった。

「なにを……考えてるかって？　きみが？　いや。そのう……」

「先生のことについて考えてたんだけど。どんなことだと思う？」

「ぼ、僕のこと？　いやぁ、それはちょっと……。なんだろ。あのう、変なＤＶＤばかり集めてる暗い奴だと思ったかい？　事務局の僕の机にある棚を見ただろ？　クレクレタコラが全巻揃ってる……」

美由紀は苦笑した。「たしかに見たけど、そんなことは思ってないわ。いつの間にか、わたしのことを美由紀と呼ぶようになってたんだな、って。そんなことを考えてたの」

「あ、そうか。……嫌かな。岬さんと呼んだほうがいいか」

「いいえ。美由紀と呼ばれるほうがいいですよ。舎利弗先生、人見知りする性格だなんて言ってたけど、ぜんぜんそんなことないみたい」

「まあ、ね。性格なんてものは、一元的じゃなく多面的なものだから。でも、ふだんは事務局に籠《こ》もりっきりだから、人と会うのが苦手なのはたしかだよ」

「わたしの場合は例外なのかな」

「そうだね。きみは、なんていうか、とてもいい人だから」

「え？」

「いや。なんでもないよ」舎利弗は照れたように耳を真っ赤にしていた。そそくさとパソコンに向かうと、キーを叩《たた》く。

モニター画面に、ひとりの男の顔が大きく映しだされた。

「これ、誰？」と美由紀はきいた。

「誰でもない。こいつはカウンセリング用の教材ソフトでね。この男性だけど、いま内面はどんな状態にあると思う？」

「そうね……」美由紀は身を乗りだして画面を見つめた。「なんだかちょっと眠そうに見えるけど。疲れてるのかな」

舎利弗は唸《うな》った。「間違いじゃないけどね。上まぶたが閉じそうなくらい垂れてきてるから、疲労とみるのも誤りではない。けれども、疲労しているのなら目の焦点がもう少し失われる。これはちょっと憂鬱《ゆううつ》な、悲しみを帯びた感情をしめしているんだ。悲しみは、眉《まゆ》と唇のいずれか、あるいは両方を観察することで読みとれる。じゃ、次のこれは？」

キーを叩く音とともに、画面が切り替わる。今度は女性の顔の静止画が映った。一見して、むっとしているように感じられる。

「怒ってるんじゃないかな」と美由紀はいった。

「ハズレだな。この女性、鼻に皺《しわ》が寄っていて、眉間《みけん》を狭めているだろ？　上唇の片端もわずかに持ちあがっている。顔の左右でアンバランスな表現をとっている。これは嫌悪の感情を表してるんだ。苛立ちや敵意など怒りに類する感情の場合、もう少し眉毛がさがって、上まぶたが上がる傾向があるんだよ」

「さっぱりわからない……」

「だろうね。でも、これは静止画だ。実際に相談者を前にしたときには、こうだよ」舎利弗がキーを叩くと、モニター画面の映像が動きだした。

女性の表情は絶えず変化する。目は落ち着きなくあちこちに向けられているし、眉間に皺を寄せたかと思えば、直後に笑みを浮かべたりもする。なにかを喋《しゃべ》っている。無音なので声は聞こえないが、自分の発言やカウンセラーの返答に一喜一憂し、気分は常に変移しつづけているようだった。

「これが人ってもんだよ」舎利弗はいった。「人は感情を表情にだすまいと努める。わずか五十分の一秒にほんのささいな表情の変化が表れ、すぐ次の瞬間には別の感情が生じている。時間だけでなく、顔の一部にしか変化が表れなかったり、表情筋の収縮が少なかったりもする。感情を読みとるのはとても難しいことなんだ」

美由紀はため息とともに、椅子の背に身をあずけた。「ムリかぁ。友里先生とか、魔法みたいに人の気持ちを読んでるのに」

「あの人は千里眼だなんて呼ばれるくらい、表情筋の観察に長《た》けてるからね。でもそれも、訓練しだいであるていどは可能になるものだよ」

「訓練？」

「そう。人の身体と心が密接に結びついていることは、知ってるね？　心が緊張すれば、身体もこわばる。身体を弛緩《しかん》させると、心もリラックスする。両者は常に一体で、相反する状態にはならない。つまり、身体が緊張しているのに心が弛緩しているとか、そんなことは起こりえないってことだ」

「ええ。だから自律訓練法などの自己催眠では、まず全身の筋力を弛緩させることで、心のリラクゼーションが得られる仕組みになってる」

「その通りだよ。表情を読む訓練はそれを利用するんだ。このモニターに映っている人物の顔を見つめて、そっくり同じ表情を真似てみる。とにかく同じ顔をすることに集中してみる。それからその表情を保ち、心の奥底からぼんやりと生じてくる感情を味わってみる。自律訓練法と同じく、受動的な注意集中で感じるんだよ。けっして無理やり思い浮かべようとしてはならない」

「なるほど」美由紀は身体を起こした。「心と身体は一体だから、同じ表情を浮かべれば、同じ感情が生じてくる。そういうことね」

舎利弗はうなずいた。「エンターキーを押せば、画像の人物の感情が本当はどうだったかが文章で表示される。自分が抱いた感覚とそれを照らし合わせて、なるべく一致するように繰りかえし練習するんだよ。感情は単純ではないから、言葉で言い表すのは難しい。だから自分で実感し理解するほうが手っ取り早い。このソフトで表示されるあらゆる表情を真似て、どんな感情が沸き起こるかを脳に刻みこむんだ。静止画で慣れてきたら、次は動画を観察すること。そうやって、表情と感情の因果関係を把握するんだよ。理論でなく、実践的な感覚で」

「わかった。やってみる」美由紀はパソコンにまっすぐ向き直った。

しかし、しょぼくれた表情の男の顔をモニターのなかに見た瞬間、美由紀は困惑した。舎利弗の視線が気になる。

「ああ。僕はもう帰るよ」舎利弗はあわてたようにその場を離れた。「終わったら消灯して、鍵《かぎ》は管理室に預けておいてね」

「どうもありがとう、舎利弗先生。クレクレタコラのDVDも、そのうち観せてくださいね」

「ほんと?」と舎利弗は目を輝かせた。「タコラの独裁者の巻、が傑作なんだ。ほかにも、面白いエピソードを厳選しとくよ」

「ええ……。楽しみにしてます……」

嬉々《きき》としたようすで、足取り軽く退室していった舎利弗の背を見送りながら、美由紀は戸惑いを深めた。

社交辞令だと気づかないなんて。本当に彼は人の感情を読むことができるのだろうか。

気を取り直し、画面に見いる。男の表情と同様に、眉間に皺を寄せ、眉を八の字にして、泣きそうなほど情けない顔をつくってみせる。

そのとき、笑い声が聞こえた。ふと視線をあげると、向かいの窓の外に延びる歩道で、足をとめてこちらを見ている若者たちの姿があった。

美由紀は憤然と立ちあがり、ブラインドを固く閉ざした。思わず吐き捨てる。ったく、見せものじゃないんだから。

航空機事故

南イタリアのアマルフィ海岸は、高級ホテルの建ち並ぶリゾート地だった。ユネスコの世界遺産にも登録されているこの場所は、史跡とレモンやブドウの段々畑が織り成す、絵画のように美しい風景が広がっている。

それだけに、美を汚す存在は早急に排除されることが求められる。サレルノ県ラヴェッロのベンフェヌート巡査長が、日の出前から現場に駆けつけることを余儀なくされたのは、そのせいだった。

眠い目をこすりながら、崖《がけ》沿いの道路に集合している警察車両の群れに近づく。顔見知りの警官に声をかけた。「おはよう、イウリアーノ」

「ああ、ベンフェヌートか」ポジターノ署勤務の古株、イウリアーノも同様に、寝不足の顔を向けてきた。「ゆうべは娘さんの買い物につきあったんじゃないのか」

「父親は門前払いさ。親にカードの支払いだけさせて、あとは男と消えやがった」ベンフェヌートは崖に近づいた。

数十フィートにわたって破損したガードレールのほぼ真下、崖の波打ち際付近に、転落したセダンが後部半分を海面に突き立てるかたちで大破している。ボディは大きく変形し、一見してクルマと判別するのは難しいほどだった。

ウェットスーツ姿の鑑識員らが潜水し、状況の把握につとめている。間もなく引き揚げ作業に入るだろう。

「こりゃひどいな」とベンフェヌートはつぶやいた。

「運転手は日本人だ。パスポートがあった。小峰忠志、二年前にフィレンツェのアトラクション製造業をクビになって以来、住所も転々としてたらしい」

「なんだ。観光客じゃないのか。なら、大使館からやかましくいわれることもないな」

「飲んだくれだからな。体内から大量のアルコールが検出された」

「ふうん……。職が定まらずにイライラして、自暴自棄になったってことか」

「そうだな。酒場の仲間には、でっかいスポンサーがついて、なにか特別な開発をまかされてるって息巻いてたらしいが」

「ほんとかい」

「いいや。この男が最後に住んでたアパートの部屋にも、そんな開発とやらの痕跡《こんせき》はまるでなくてね。ただのホラ話だったんだろう。さ、クレーンが来るまで休もうぜ」

イウリアーノは警察車両に歩き去っていった。が、ベンフェヌートは崖下のクルマを眺めつづけた。

はるばる日本から来て、職を追われ、最期は事故死か。遺言がわりに披露できたのは、途方もない夢物語だけだった。それが彼の人生だった。

やりきれない気分になる。ベンフェヌートは胸の前で十字をきった。故人の宗教は知らない。だが、ここはイタリアだ。神に召されることは、彼にとっても本望だろう。

九州の宮崎は亜熱帯性の気候で、夏は雨も多い。快晴の日に空港に降り立つことができたのはさいわいだった。

二十七歳になった岬美由紀は、宮崎空港のレンタカー棟でハーレーのリッターバイク、ロードスターを借りた。

係員はしきりにもっと小さなバイクが女性向けだと力説していたが、大型バイクについて講釈を受ける必要はなかった。足つきさえよければ、排気量は大きいほどいい。動体視力と反射神経に自信のある美由紀にとっては、一千ｃｃ以下のエンジンでは走行時にフラストレーションが溜《た》まるばかりだった。

ロッカールームでエンジいろのつなぎに着替えて、バイクで公道に乗りだした。

航空大学校は空港と隣接してはいても、距離は少しばかり離れている。全速力で飛ばしても、それなりに時間はかかる。心理学の特別講義の終了時刻まで、もうそれほど猶予はない。

パームツリーが立ち並ぶ海岸線を駆け抜け、航空大学校の正門に乗りいれる。警備員に国際線の特別講義を実施している教室の場所を聞き、その敷地内に入った。

ここはパイロットを養成する専門機関だ。空港と地続きの立地とは羨《うらや》ましい話だと美由紀は思った。防衛大は基地から離れているので実技の回数にも制限があったからだ。

バイクを校舎の脇に停めて、美由紀は吹き抜けのホールに足を踏みいれた。チャイムが鳴っている。二階のバルコニー状の通路に、大教室から人が吐きだされるのが見えていた。

目当ての人物は、すぐに見つかった。分厚いファイルを小脇に抱えて、せかせかとした足取りで螺旋《らせん》階段を下りてくる痩身《そうしん》の男。まぎれもなく二年前に百里基地の会議室で向かいあった、笹島雄介に違いなかった。

階段を下りきるまで待って、美由紀は声をかけた。「笹島先生」

笹島は足をとめ、振りかえった。

どこか優雅にみえる身のこなし。三十一歳になったはずのその顔は、以前と少しも変わったところがなかった。髪を短くしたせいか、むしろ若がえったようにも思える。その涼しげな目つきが、美由紀にとってはかえって腹立たしかった。

「やあ」笹島は親しみのある微笑を浮かべた。「これは驚いた。岬二尉じゃないか」

「元二尉よ」美由紀は歩み寄った。「あいかわらず忙しいのね。先週まで羽田の航空保安大学校の心理学の授業を担当してたのに、今度は宮崎にまで来てるなんて」

「航空関係者の心理について研究している専門家が、ほかにいないんでね」

「きょうは国際線に関する講義なのに、国内便の資料を抱えてるの？」

「なぜわかる？」

「それ、V17—V59—V52って書いてある。大島から浜松、名古屋、小松への航空路、つまり空の道でしょ」

「さすがだね……引退したのに。ご名答だよ。わずかな空き時間にも、自分用の研究を進めたくて」

「いまも理論重視なのね」

「まあ、ね。……ところで、ここになんの用？　パイロットを目指すのかい？　きみなら確実にトップクラスの仲間入りだろうけどな」

「まさか。操縦桿《かん》を握るつもりなんて、もうないの。わたしがどんな道を目指すのかは、前に伝えたはずでしょ」

「すると、臨床心理士になったのかい?」

美由紀はため息まじりに首を振った。「いいえ、まだよ。やっと資格試験を受けるのに必要な臨床の経験年数を満たしたところだし、試験はこれからだし。でも、あなたとの約束を果たすために充分な知識は得られたわ」

なんの目的でここを訪ねたか、笹島には察しがついたらしい。笹島は表情を曇らせてつぶやいた。「ああ、そのことか……」

「辛《つら》い記憶が抑圧され、無意識の世界に封じこめられていて、本人は意識しないけれども、それが心的外傷後ストレス障害《PTSD》を引き起こす。いわゆるトラウマっていうやつね。二年前、あなたはわたしと板村三佐について、過去のトラウマが原因で精神面に異常をきたしたと結論づけた」

通りすがる学生たちの目が気になるらしい。笹島はなだめるように声をひそめていった。

「きみも勉強したならわかると思うけど、精神医学の世界というのは日進月歩で……」

「トラウマによる抑圧だなんて。そんなの、古色蒼然《そうぜん》としたフロイト理論に基づく迷信にすぎないわ。かつては学問として研究されたこともあるけど、いまはもう時代遅れ」

「アメリカ精神医学会は、まだフロイトを完全否定したわけではないよ」

「ええ。あなたが聖書のようにみなすＤＳＭにフロイトの名前は残ってる。ただし、不安障害について潜在的理由とか無意識の働きとか、そういう説もあるって軽く触れられてるにすぎない。かつての辛い記憶を失った相談者が、カウンセラーの手助けで幼少のころの失われたショッキングな記憶を取り戻すなんて、すべてがフィクションにすぎなかった。精神障害を両親のせいにすることで、相談者本人は罪の意識から逃れられるし、カウンセラーの側は独善的な判断によって人を正しい道に導いたと自負できるっていう、互いのエゴを満足させる甘えた関係が成立する。両者のうぬぼれの儀式にすぎなかったのよ。まるで宗教と同じ。非科学的ね」

「手厳しいな」笹島の表情は穏やかなものだった。「たしかに認知心理学の研究が進んだ現在、かつては心理面に起因するとされた障害の多くが、脳の化学物質の代謝異常など生理学的な理由だと判明してきた」

「脳内のニューロンに情報伝達を促進する、神経伝達物質の段階で起きる障害が原因になってる。心理的ショックだとか、人生における悲しみや怒りにすべての異常の要因を求めるなんて、あきらかに度が過ぎてる。だいたい、トラウマ体験が無意識に抑圧されるって説や、それが原因で異常が起きるって説には、信じるに足る科学的根拠や裏づけなんかどこにもなかった。それなのに、さももっともらしく流布されて人々に真実として受けいれられてしまった」

「きみのいうとおりだよ」笹島はあっさりといった。

美由紀は口をつぐんだ。笹島からいかなる反論があろうと、論破する覚悟でやってきた。しかし笹島は、案外すなおに自分の非を認めた。

笹島は深いため息をついた。「この学問の世界は、ときどき信じられない勢いでエセ科学が蔓延《まんえん》する。とりわけ日本では迷信がはびこる率が高い。最初は人を意のままに操る催眠術、次が血液型性格分類。そして今度はトラウマ論。ぜんぶ非科学的な理屈がまかり通ってブームとなってしまった、その名残りが世間にはまだ尾をひいてる」

「あなたたち専門家がはっきりと見解の誤りをしめさないから、いつまで経っても迷信はなくならないのよ。欧米では幼少のトラウマはおもに父親のせいで、日本では母親のせいにされる傾向がある。科学的事実なら、こんな偏りは生じないんじゃなくて?」

「ああ、違いないな。きみのいうことはすべて正論だよ」

「……じゃあ、二年前の申し立てを撤回してくれる?」

「撤回?」

「防衛大の内部部局、人事教育局宛に訂正の文書を送付して。板村三佐が事故のトラウマによって判断ミスをしでかしたなんて、すべてナンセンス。そう認めてほしいの。板村三佐の復職と名誉回復に、力を貸してほしいのよ」

「それは」笹島は口ごもった。「できない」

「どうしてよ」美由紀は怒りを覚えた。「あなたの報告が事実に反していて、それを元に板村三佐は……」

「あの時点では誤りではなかったんだ。きみもそれだけ勉強したのなら、知っているだろ？　神経症なるものが心理的要因によって生じ、心理的な療法で治るという理屈がDSMから姿を消したのは、第三版の改訂時だ。それからは不安障害という症名でくくられるようになった。にもかかわらず、第四版でPTSDが登場すると、その素因としてトラウマ論がまたもや持ちだされてきた。理由は、PTSDってものが、ベトナム帰還兵への政府補償のために都合よく作りだされた症例だったからだ。いわばアメリカ精神医学会さえも、政治的な理由に振りまわされているってことの証明だよ。日本はその表層だけを受けいれて、PTSD、トラウマ、すべて過去の心の傷だなんて解釈を肥大化させてしまった。二年前まで、日本の精神医学界はまだその解釈を主流として引きずっていたんだ」

「なら、なおさらのこと真実を追求するべきでしょ」

「幹部自衛官だったきみには、防衛省の内部部局がどのように人事の決定を下すのか、あるていどわかっていると思う。僕からの報告は、二年前に義務づけられたものだ。その時点で報告が正しいか正しくないか、彼らが果たすべき義務もそこだけにあった。板村三佐を免職にする提案は防衛参事官、事務次官、長官政務官を通じて、最終的に長官によって了承された。なにもかも二年前のことだ。あのとき、すべては正しかった。それだけだ」

「そんな……。じゃあ、板村三佐が裁判に訴えでもしないかぎり、決定は覆らないっていうの？」

「半年ほど前、防衛省は板村元三佐に対し、あのときの免職についてどう思っているかを文書でたずねた。現在は民間の空港で管制官を務める板村元三佐は、すべてを納得して受けいれていますと手紙で返事を寄越した」

美由紀は衝撃を受けた。

先に手をまわしたのか。精神医学界におけるトラウマ理論の終焉《しゅうえん》を予感した防衛省は、かつての判断の誤りを指摘されるのを恐れ、板村に訴訟の意志がないことを明確にさせたのだ。

「ずるいわね」美由紀は憤りとともにいった。「元幹部自衛官が組織に逆らえないと知って、わざと意志を確認したのね。本心はどうであれ、争う気がないと直筆の手紙に記録が残った以上、もう裁判の心配はない。あなたたちは自分たちの責任逃れしか考えてない。板村三佐がどんなに傷ついたか、それをわかろうともしない」

「しかし……。彼が命令違反を犯したのは事実だよ」

「ええ。わたしもね。でも理由を聞かれたのなら、徹底的に自分の信念を主張するつもりでいた。それなのに、あなたのせいでそのチャンスはつぶされた。トラウマだなんて非科学的な理由づけで、異常とひとくくりにされてしまった……」

静寂が訪れた。

いつの間にかホールでは、学生らが足をとめてこちらを眺めていた。ライダースーツ姿の女が心理学の講師となにを言い争っているのか、興味を惹《ひ》かれたのかもしれない。美由紀が顔をあげると、学生らはそそくさと退散していった。

「あのう、岬元二尉」笹島は戸惑いがちにささやいてきた。「いや、岬さんと呼ばせてほしい。こんなことになって、本当に申しわけなく思ってる。僕が防衛省の動きを察知したときには、もう板村元三佐が回答の書面を寄越した後だった。たとえわかっていたとしても、組織の規則では……」

が、そのとき、美由紀は瞬時に視覚から得た情報に突き動かされた。

「嘘をいわないでよ!」と美由紀は怒鳴った。「あなたはたしかに反省してはいるけど、知らなかったなんて真っ赤な嘘。防衛省に火消しの提案をしたのはあなたでしょう。板村三佐のトラウマうんぬんについて、早めに問題を解消しておかないと自分の身が危うくなると知って、あなたは文書のやりとりを防衛省に提案した。そのことに対し罪悪感は抱いているけど、同時に安堵《あんど》も覚えていたはずよ。いま問い詰められて心拍が速まっている」

「ちょ、ちょっと。ちょっと待って」笹島はあわてたように両手をあげて、美由紀を制した。「その……。どうしてわかるんだ？　僕のところに来る前に、防衛省を訪ねたのか？」

「いいえ」説明するのももどかしい。美由紀は早口にまくしたてた。「笹島先生、リエゾン精神科医なら、臨床心理士と同じぐらいカウンセリング技術には精通しているはずでしょ。相手の表情の読み方ぐらい、練習して身につけてないの？　唇の両端が下がっていると同時に両頬が持ちあがってる。視線が下に向きがちで上まぶたが落ちてる。あなたが罪の意識を感じていなければこんな表情にはならない。悲しみを生じていることは、反省と罪悪感につながっていると考えられる。でも、ときおり眉《まゆ》があがったりする。嘘が発覚することを恐れる脅《おび》えの心理に近い。ようするに、あなたが事実を偽っているがゆえに体裁の悪さを感じている可能性が高いのよ」

「だ、だけど……。いや、たしかに理論的にはそうなんだけど、ほんのわずかな表情筋の変化のはずだろ。それも一瞬にすぎないはずだし……」

美由紀には、笹島がなぜ驚きの感情をしめしているのか理解できなかった。

だがそんなことよりも、怒りにまかせてわめき散らす衝動を抑えられなかった。「とぼけないで。感情は自覚なく表情に表れる。先天的なものじゃなく、後天的に学習した行動が生みだされる。これは誰でも避けられない。直後に、自律神経系が活発になって、行動を絶え間なく修正したり抑制を図ったりするけど、それまでに表れる感情の信号は明確かつ明白なものよ」

「それはそうなんだけど、岬さん。感情の兆候が表情に表れるのは〇・二五秒からせいぜい〇・五秒ていどだよ。悲しみは比較的長いけど、驚きについてはまさに瞬時の反応にすぎない。ビデオの映像をスロー再生して、やっと分析できるていどのはずだ」

「お世辞なんかたくさんよ。精神医学界の先輩として、わたしの才能を評価してくれてるの？　あいにくだけど、わたしにとってあなたは尊敬の対象じゃないわ。保身を図って、過去の汚点に目をつぶって、わたしにも真実を語ろうとしなかった。トラウマなんてものがこの世にあるなら、あなたがさいなまれるべきね」

喋《しゃべ》っているうちに、泣きそうになってくる。ただ吠《ほ》えることしかできない自分が愚かしかった。美由紀は憤りを抑えながら、笹島に背を向けて歩きだした。

笹島がその背に声をかけてきた。「岬さん。本当にすまない。反省してるよ」

歩が緩む。感情は、表情よりも声に表れる。そのトーンが嘘偽りを含んだものでないことが、かえって恨めしかった。あくまでわたしを騙《だま》しおおそうとする悪人であってくれればいいのに、彼はいま心から申しわけなさそうにしている。

それでも、自分を裏切った男に対する怒りはおさまらない。美由紀は振りかえると、笹島に厳しくいった。「本当に反省する気があるのなら、あなたもいちど職を失ってみることね。精神科医の看板を下ろしたら？　少なくとも、航空機に関わる人間の心理分析の権威っていう触れこみは、すでに地に堕《お》ちたものになったわ。わたしにとってはね」

「すまない……」笹島は学生らの目に晒《さら》されながらも、謝罪の言葉を繰りかえした。「だけど、僕はこの仕事を辞めるわけにはいかないんだ」

「どうして？」

「きみが情熱的に生きる理由と、おそらく同じだよ」笹島はまっすぐに美由紀を見つめ、つぶやいた。「両親を亡くしたんだ。航空機事故で」

時間が静止したように、美由紀には感じられた。

しばしのあいだ、立ちつくす笹島の目をじっと見つめかえした。それしかできない自分がいた。

耐え難い不可思議な感情が押し寄せ、美由紀は身を翻して駆けだした。この場から逃げ去りたい、そう思ったからだった。

笹島の言葉が偽りでなく、真実であることはあきらかだった。体感的に表情から感情を読み取る方法を学んだ以上、同じ感情を抱いたことのある美由紀にとって、疑いの余地はない。彼の心はまぎれもなく自分のそれと一致していた。

突然の事故で両親を失った、そのたとえようのない衝撃。心の奥底に介在しつづける深い悲しみと無力感。彼もそれを抱いている。そんな彼と、向き合っていたくなかった。鏡を見つめているようだ。

羽田空港に預けてあったランボルギーニ・ガヤルドで渋谷区代々木のマンションに戻ったとき、もう日は暮れていた。

美由紀は地下駐車場にクルマを駐《と》めて、階段を昇った。エレベーターは使わないようにしている。自衛隊を辞めてから身体がなまって仕方がない。少しでも機会があれば動かしたほうがいい。

一階の廊下にでると、ちょうど管理人室の扉が開いて、額の禿《は》げあがった中年男が姿を現した。

「あ、こんばんは。管理人さん」美由紀は声をかけた。

マンションの大家はこの一帯すべての土地を所有する地主で、彼は雇われ人にすぎない。しかし、一階の部屋に住みこみで働いていることから、しょっちゅう顔を合わせる。

管理人はなぜかびくついたようすだったが、すぐに向き直って笑顔を浮かべた。「ああ、三〇一の岬さんか。おかえり」

「どうかされたんですか？　なにか気になることでも……」

「いや。ただ、そのう。このあたりでゆうべ、通り魔事件があってね」

「ああ。けさ警察がきてましたね。女子大生が刺されて重傷とか」

「そう、だから見回りに出ようと思ってね」

「こんな時間にご苦労さまです。なにかお手伝いできることがありましたら……」

と、管理人は苦笑に似た笑いを浮かべ、視線を逸《そ》らしてつぶやいた。いや、ひとりでだいじょうぶだよ。

美由紀の胸に、なにかひっかかるものがあった。

この苦笑いは自然なものではない。どんな意味があったのだろうかと美由紀は考えた。わたしのような女がひとり加わっても、さほど有力な支援にはならないという見下した感情だろうか。しかし、もし軽蔑《けいべつ》しているのなら、顎《あご》は上がって下唇が突きだされる。唇の端がひきつり、わずかに吊《つ》りあがる。管理人の顔にそれはない。

大頬骨筋《だいきょうこつ》と眼輪筋が同時に収縮していることから、喜びを感じたうえでの笑いであることは疑いの余地がない。作り笑いでは、眼輪筋を縮めることはまず不可能だからだ。けれども、そのことがかえって違和感の理由になる。苦笑に似た笑いだったが、じつは本当に笑っていた、そういうことだろうか。奇妙な感情に思える。

「なにか?」と管理人はきいてきた。

「いえ、べつに……」美由紀は軽くおじぎをして、その場を去ることにした。

階段を昇りながらため息を漏らす。他人の表すささいな感情の不自然さすら、いちいち気になって仕方がない。あの表情の読み方のトレーニングを試みた人間は全員、こんなストレスを感じるのだろうか。

三階に昇って廊下の突き当たりに向かう。すると、隣の三〇二号室のドアが開いた。顔見知りで、美由紀と同じ歳の湯河屋《ゆがや》鏡子《きょうこ》が声をかけてくる。「あ、いたいた。待ってたのよ、美由紀さん」

いつもスーツ姿で早朝にあわただしく出かけ、帰宅は夜遅くになってからという日課の鏡子が、わたしを待っているなんて珍しい。表情にも不安が表れているようだ。

美由紀はいった。「ひょっとして、通り魔事件で怖くなったとか?」

「それどころじゃないのよ」鏡子は美由紀の手をひき、彼女の部屋のなかに連れこんだ。

「見てよ、これ」

その部屋は美由紀の三〇一と違って、1LDKの狭い間取りになっていた。洋服やバッグなど、雑多なものが散らかり、床を埋め尽くしている。メロディ電報や写真立てまでがぶちまけられていた。

鏡子が泣きそうな声で告げてきた。「さっき帰ってきたら、こんなふうになってたのよ」

「もとは、きれいに整頓《せいとん》してあったの？」

「まあ、そのう、きれいってわけでもないけど……。でもタンスの中身を外にだしたりしてないわ。誰かが入って荒らしていったのよ」

反射的に目が窓辺に向く。ブラインドは壊されたようすもない。表通りに面していることから、あそこから入ったとは考えにくい。

廊下にでてドアの外側を眺める。鍵穴《かぎあな》の周囲に傷はない。ピッキングもサムターン回しも試みられた形跡がなかった。

「もし入った人間がいたとしたら、合鍵を持っていたとしか考えられないわね」

「そんなの、あるわけないわよ。この部屋に越してきてから、付きあってる男もいないし。あ、美由紀さん。ひょっとしてわたしを嘘つきだと思ってる？」

「いいえ」美由紀はあっさりといった。「本当のことを喋《しゃべ》ってるってことは、顔を見ればわかるから」

鏡子は妙な顔をしたが、すぐに不安な表情に戻った。「ねえ、どうしよう？　警察にも電話したけど、近くの派出所の者が暇なときにうかがいますからって、ずいぶん馬鹿にした対応なの。通り魔事件の捜査とパトロールで忙しいからって。同じ犯人の可能性もないわけじゃないってのにさ。不安で寝られないよ、こんなの」

「部屋のなかにいるときには、施錠のつまみを九十度まで回しきらないで、四十五度の位置にしておいて」

「斜めにするの？」

「そう。その場所でつまみが止まらないのなら、ビニールテープで固定すればいいわ。そうすれば、たとえ合鍵を持っている人でも差しこむことができないし、開錠できない」

「へえ……知らなかった。でも、出かけてるときは？」

「そうね……」美由紀の脳裏にもやが渦巻いた。

合鍵を持っている人間。管理人としか思えない。あの不自然な笑い。近所の通り魔事件の発生の翌日に、このマンションでの空き巣。無関係とは考えにくかった。

美由紀は鏡子の部屋に入り、床からメロディ電報を拾った。「これは誰からの電報？」

「職場の友達から引っ越し祝いにもらったの。……怪しい人じゃないわよ」

「ええ。この送り手を疑ってるわけじゃないの」美由紀は二つ折りの電報を開いた。

〝エリーゼのために〟が電子音で奏でられる。耳を傾けながら美由紀はいった。「でも、この電報は役に立ちそう」

面接

晴れた日の正午すぎ、美由紀は本郷の日本臨床心理士資格認定協会にほど近いオフィスビルの食堂にいた。どのテーブルも埋まっているが、雑談を交わす者は少なく、ひどく静かだった。そのようすは試験前の大学の学生食堂を思わせる。ラーメンや定食など簡単なメニューを選んで、さっさと腹ごしらえを済ませて、手にしたテキストに見いる。DSMの原著が多い。ここにいるのは、午後に口述面接試験を控えた臨床心理士候補ばかりだ。大学院生ぐらいにみえる若者から、中高年まで年齢層も広い。

午前の筆記試験で知り合いになった朝比奈宏美という同世代の女は、美由紀の向かいに座って憂鬱《ゆううつ》そうに頬杖《ほおづえ》をついていた。

「あーあ」朝比奈は愚痴っぽくいった。「いまの審査って厳しいね。B審査が廃止される前なら書類の提出だけで済む可能性もあったのに」

美由紀が名前を知らない、朝比奈の連れの男はカレーライスをかきこみながら告げた。「しょうがないだろ。俺たち凡人は努力してナンボだ。研修証明書とかスーパービジョン証明書、事例報告書なんて揃えてくれるコネもないしな」

無口にならざるをえない。美由紀にはそれらを用意してくれた恩人がいる。ただし、防衛大の首席卒業という経歴から特例を認められた身としては、さほど優遇されているわけではない。やはり書類審査のみならず、筆記試験も面接も必要とされているからだ。

「だけどさ」朝比奈は箸《はし》で麵《めん》を上げ下げしながら吐き捨てた。「せっかく審査に通っても、IDカードの有効期限が五年だなんてさ。臨床や研修の成果がないと失効しちゃうなんて。医師や弁護士なら永久にその肩書きを得られるのに」

美由紀は笑って、コショウのビンを手にとり、朝比奈のラーメンにふりかけた。連れの男にもソースのビンを押しやる。「免許じゃなく資格なんだから、しょうがないわね」

と、朝比奈は麵を口もとから垂らしたまま手をとめ、呆然《ぼうぜん》として美由紀を見た。連れの男も同様に、眉《まゆ》をひそめていた。

「どうかした?」と美由紀はきいた。

「なんでわかったの?」朝比奈はきいてきた。「シナチクと鳴門《なると》を避《よ》けて、スープにだけ混ざるように三回ほどコショウを振った。いまそうしようと思ったところだったのよ。わたしにとっての適量をどうして知ってるの?」

「俺もだ」と男が目を丸くした。「味が薄いからソースをかけようと考えたところだ」

ふたりがなぜ驚くのか、美由紀にはぴんとこなかった。

戸惑いながら美由紀は笑みを浮かべてみせた。「そりゃ、わかるでしょ。食べ物を口にいれたと同時に、少し上唇があがって、左右非対称になった。食事を味わった瞬間に嫌悪を感じて、それから調味料を求めて視線がさまよった。箸で具と麵を片側に寄せたのは、スープに直接ふりかけてコショウをとけこませようとしたから」

男は衝撃を受けたようすでいった。「まるで表情の読み方ビデオのレポートみたいだ!」

朝比奈も目を見張っていた。「それも、何十回と繰りかえし観てようやく仕上がるレポートの文面みたい。一瞬でわかったっていうの? まさか……偶然でしょ?」

「ま、まあね」美由紀はふたりのリアクションに怖《お》じ気《け》づき、なんとか平穏な状況を保とうと取り繕った。「もっともらしく言ってみただけ。ただの偶然。驚かせてごめんね」

そうよね。朝比奈は心底ほっとしたようにつぶやいて、またラーメンをすすった。

それでもまだ、ふたりはどこか警戒するような視線をときおり向けてくる。美由紀を油断ならない存在とみなしはじめたようだった。

まいったな、と美由紀は心のなかでつぶやいた。なぜそこまで大仰に反応するのだろう。朝比奈たちのほうがずっと、この分野での学習は先をいっているはずだろうに。

面接は、がらんとした会議室で五人の面接官を前におこなわれた。いずれも中年から初老の臨床心理士だったが、美由紀に質疑をしてくるのは資格認定協会の専務理事という立場の人物だけだった。

頭髪が薄く、眼鏡をかけ、痩《や》せ細ったその男は、いかにも学者という威厳をまとっていた。専務理事は美由紀にたずねてきた。「スミスとグラスのメタ分析で、任意の治療効果尺度について効果量を算出するとき、その計算方法は？」

美由紀は彼らと向かいあわせに椅子に腰かけていた。幹部自衛官という職業を経ている以上、こういう場で緊張を感じることはない。

思いつくままに美由紀は応じた。「治療群の平均値から、未治療統制群の平均値を引き、未治療統制群の標準偏差で割ったものです」

「よろしい。DSMの最新版にしめされる妄想性人格障害の疫学は？」

「有病率が〇・五から二・五パーセントで、少数民族、海外移住者で高いとされています。統合失調症や妄想性障害の人の家族にも発生する可能性が高く、女性よりも男性に多くみられます」

「おおいに結構」専務理事は手もとの書類に目を落とした。「きみの指導をおこなっている舎利弗氏によると、表情の読み方テストで優秀な成績を持っているとか」

「恐縮です。でも、人並みと思います」

「臨床心理士に必須《ひっす》の技能ではないが、相談者の感情を正しく察知できることは大きな強みになる」専務理事はそういって、ノートパソコンの画面を美由紀に向け、キーを叩《たた》いた。

画面に人の顔が大写しになる。これまで学習したソフトで見たことのない人物の表情だった。面接試験用に用意されたものだろう。

「この人の感情は？」専務理事がきいた。

「口角が下がり両頬が持ちあがっているので悲しみの感情に類するものですが、無力感や絶望感を伴っていることから、うつ気質と思われます」

五人の面接官は一様に顔をあげ、驚きのいろを浮かべた。

またただ。どうしてこんな反応を受けるのだろう。わたしは舎利弗に言われたとおりのトレーニングを実践し、学習しただけだというのに。

専務理事がどこかあわてたようすでキーを叩いた。「じゃ、これは？」

「脅《おび》えています。上まぶたが上がり、口が開いた状態で唇の左右が水平に伸びています。

それでも理性が保たれているようですから、身の危険を感じる類《たぐ》いの恐怖ではなく、社会的な不安に関わることのようです」

「すごいな……」専務理事がつぶやく。「この画像は、驚いた顔と錯覚されがちだ。驚きと脅えの感情の違いを正しく読みとるのはきわめて困難だ。……もうひとつだけテストしたい。これはどうかね?」

また専務理事がキーを叩き、画面が切り替わる。目を輝かせ、微笑を浮かべた男の顔だった。

ところが、美由紀は困惑せざるをえなかった。「あのぅ……。笑顔であるということは、それなりに喜びを感じているのだと思いますが……。どうにも少し、わかりません。なんていうか……共感を覚えたことのない感情です」

ふむ。専務理事はまた理知的な態度に戻り、列席者に冷静に告げた。「ターゲル検査ソフト、Dの一九四のA三については観察しづらいようだ。もっとも、臨床の場では読みとる必要のない感情なので、特に減点の理由にはならないが」

面接官たちが落ち着きを取り戻すのとは逆に、美由紀のほうは心拍が速まるのを感じていた。

意識のずれを感じる。同じ学問の道を歩んでいるというのに、どうして表情の読み取りについてのみ、こんなに驚かれるのだろう。褒められると同時に、奇異な目つきで見られる。この疎外感はなぜ生じるのだろう。

或《あ》る感情

午後三時すぎ、美由紀は試験会場からほど近い臨床心理士会の事務局を訪ねた。この時刻、職員はまずほとんど出払っている。きっといつものように、舎利弗がひとりで留守番をしているだろう。

予想どおり、待合室は薄暗くひっそりとしていた。美由紀が歩を進めていくと、事務室から舎利弗が顔をのぞかせた。

くつろいでいたらしい。チョコレートバーを頬張りながら、舎利弗がいった。「やあ、おかえり。試験どうだった」

どうもこうもない。ひどく落ち着かない気分だ。美由紀は足ばやに舎利弗に近づきながら、不安をぶつけた。「聞いてよ、舎利弗先生。なにか変なの」

舎利弗はぽかんとした顔で見かえした。「どうかしたのかい?」

「わたしよりずっと経験豊富な人たちが、みんな例の表情観察についてはわたしに驚いた顔を向けてくるの。最初は後輩を励ますつもりで大げさにリアクションしてくれてるんだと思ってたけど、違うみたい。試験の面接の人までびっくりしてるのよ」

「びっくり？　驚いただけじゃなくて、びっくり？　それほんと？」

「ほんとよ。驚きと、びっくりは似て非なるものでしょ。驚きは目が見開かれて眉毛《まゆげ》があがり、口を開ける。びっくりはその正反対、目を細めて眉毛は下がり、唇はきつく結ばれる」

「面接官がそんな表情をしたの？　びっくりの表情は、驚きの表情よりさらに短いはずだよ。四分の一秒から二分の一秒のあいだに表れ、消えてしまうはずだ。それを見逃さなかったってのかい？」

「ええ。そんなの、向かい合わせているんだから見過ごすわけないでしょ。なにが変だっていうの。いまもわたしは、あなたがそのチョコレートバーの破片が右の奥歯にひっかかっているのを取り除きたがっていることや、思ったほど甘くなかったのが不満なこと、コーラもしくは炭酸系のジュースを飲みたいと思ってること、そしてわたしがなにを取り乱しているのかわからず、抑うつ性人格障害にでもなったのかと疑いを持ち、その直後にそんなはずはないと打ち消した。それぐらいのことがわかるけど、これっておかしいの？」

「そりゃ……おかしいよ」

美由紀は口をつぐんだ。

表情から感情を読む方法を教えてくれたはずの舎利弗が、あきらかに驚きのいろを浮かべて、唖然《あぜん》としながら美由紀を眺めている。

舎利弗はいった。「ぜんぶ正解だ。ベテランの臨床心理士だろうが誰だろうが、仰天するはずだ」

「どうして？……わたし、教わったとおり理論的に結論を導きだしているだけだし……」

「ああ、それはわかる。わかるんだけど……。速すぎるよ。常識じゃ考えられない速さだ」

「速いって……なにが？」

しばし沈黙があった。舎利弗は手もとのチョコレートバーを眺めながら、考える素振りをしていた。その眉間《みけん》に深い縦じわが刻まれる。

やがて舎利弗が唸《うな》るようにいった。「おそらく、きみの動体視力のせいだろうな」

「え？」今度は美由紀自身が驚く番だった。「それって……」

「きみは空自でパイロットだったんだろ？　音速を超える戦闘機の操縦桿《かん》を握ってた。視力も二・〇以上、目に見えるものはなにもかも見逃さず、一瞬で判断を下さなきゃならなかったはずだ。もともと素質のある人間がパイロットに選ばれるんだろうけど、女性自衛官初めての戦闘機乗りだったきみの場合、動体視力はさらに卓越したものだったはずだ」

「だけど、パイロットの世界でもわたし以上に優れた人はいっぱいいたのよ」

「そうだろうけど、臨床心理学を勉強して、表情の読み取り方のレッスンを受けたのはきみぐらいのものだろ？　動体視力と心理学の知識、観察の技能が組みあわさって、その特異な能力となって結実したんだよ。たぶん臨床心理学史上、ほかに例をみない存在だ」

ほかに例をみない。

そのひとことが胸に突き刺さった。このところ感じていた疎外感の理由は、そこにあったのだ。

同じ道を歩む人々がいれば、苦労を分かち合うことができる。防衛大だろうと自衛隊だろうと、真の孤独とは無縁だった。けれども、いまは違う。

自分の感覚を共有できる人間は、誰もいない。絶対音感を持つ人が不協和音を苦痛がるように、いまのわたしには、他人の感情がわかりすぎることが辛《つら》い。どこへ行っても、誰に目を向けても、その思いがたちどころにわかってしまう。

現に、舎利弗がわたしに近づきがたいものを感じだしたことを、わたしは悟っている。

舎利弗は困惑ぎみに後ずさった。「飲み物をとってくるよ。きみもどう？」

「ええ……」美由紀はつぶやいた。

冷蔵庫に向かいながら、舎利弗がいった。「いやあ、こんなこともあるんだな。いままで臨床の世界では友里佐知子先生が千里眼だなんて呼ばれてたけど、きみはその上を行きそうだな」

千里眼だなんて。わたしはそんな特殊な人間ではない。

ふと、自分にも読みとれなかった感情があることを思いだした。そうだ、わたしにも欠点はある。人から疎外されるほど特異な存在ではないはずだ。

美由紀は舎利弗の背にたずねた。「ターゲル検査ソフトって知ってる?」

「ああ。事務室のパソコンの棚にあるよ。ふつう臨床の現場で読み取る必要のない表情ばかり収められてるやつだけど……」

「うん、面接の人もそういってた。見てもいい?」

いいよ。返事を聞いてすぐ、美由紀は事務室に駆けこんだ。

棚からターゲル検査ソフトのパッケージを見つけだす。ドイツ語の表記だった。取りだしたディスクをパソコンにセットしたとき、机の上のソフトビニール人形が目に入った。

「なにこれ? ウルトラマン?」

「ああ」と舎利弗の声がドアの向こうからきこえた。「ウルトラセブンだよ」

「こんなの持ちこむなんて。子供みたい」

「まあ、その、暇なんで。でもドラマは結構おとな向けなんだよ。それに僕らの学問にも無縁じゃないし。最後は過労で倒れたしね」

「過労？」美由紀はウルトラセブンの人形を眺めた。「これが？　なんで過労になったの？」

「そりゃ、怪獣と戦いすぎたからさ」

「冗談でしょ」

「いいや。本気だよ。……どうやらきみも、僕の顔が見えなきゃ本心はわからないらしいな」

「それはそうよ」

ソフトが起動し、モニターにメニュー画面が表示された。美由紀は検索窓に、面接で耳にした画像の分類を入力した。Dの一九四のA三。

エンターキーを叩《たた》いてほどなく、例の笑いを浮かべた男性の顔が表示された。いったいどんな感情なのだろう。美由紀は解答を表示するためにF２キーを押した。

表示された解答はドイツ語だった。

Er starrt bei der Frau an, die er liebt.

彼は、愛する女性を見つめている……。

恋愛感情。美由紀は愕然《がくぜん》とした。

なぜわたしにわからなかったのだろう。わたしには恋愛の経験もある。それなのに、どうして実感できなかったのだろう。

孤独

手ごろな間取りの空き部屋がなかったせいで、ひとり暮らしには不相応に広い4LDKに住むことになった。それが美由紀の借りている三〇一号室だった。当然、家賃もそれなりに値が張る。いまは自衛官時代の貯金を切り崩しているが、早く臨床心理士の資格を取得しなければ払えなくなる日もそう遠くない。

それでもこの部屋には利点もあった。リビングルームの隣にある無音室がそれだ。見た目はふつうの八畳サイズの洋間だが、分厚い扉を閉めると内部の音はほとんど外に漏れださなくなる。

美由紀はバイオリンで、ヴィニアフスキの協奏曲第二番三楽章を奏でていた。左手の指使いは自己流だった。そのため半音階は独特の響きになる。それが美由紀自身には好ましく感じられた。

だが世の中には、自分なりのやり方では通用しないものもある。美由紀は演奏をつづけながらぼんやりと思った。

ターゲル検査ソフト、Dの一九四のA三の表情が読みとれなかった理由が、おぼろげにわかってきていた。あれは男性の女性を見る目だったからだ。実感する感情と表情の観察をリンクさせてきた学習法では、かつて自分が抱いたことのない感情までは理解することはできない。女性の男性に対する恋愛感情は察することができるだろうが、その逆は無理ということだ。

万人の心が読めてしまうかもしれないという技能に孤独を感じながら、それが完璧《かんぺき》でなかったことに、また不満を募らせている自分がいる。複雑な心境だった。

ふとそのとき、聴覚になにかを感じて、美由紀は手をとめた。

かつてコックピットでも、エンジン音のわずかな変動を聞きつけて気流の状態を推し量ることができた。いまもその直感に似た感覚で、かすかな電子音のメロディを聞きつけた。エリーゼのために。厚い壁を通じてわずかに、だがたしかに聞こえてくる。

バイオリンを置いて、足ばやに無音室をでる。心理学を勉強したいまとなっては、この能力も科学的に理解できる。選択的注意、あるいはカクテル・パーティー効果と呼ばれるものだ。赤ん坊に添い寝する母親は、外から聞こえてくるクルマの音には目を覚まさなくても、わが子がむずかる声を聞きつけるとすぐに覚醒《かくせい》する。意識的に注意を向けておいた音色、音階には、自然に引きつけられるものだ。

スニーカーを履いて玄関から廊下にでる。誰もいない。音も消えていた。三〇二号室の扉は閉じている。

それでも、侵入者はいる。美由紀は確信していた。忍び寄って、ノブを握りひねった。開錠されている。すばやく扉を開け放った。

明かりは点《つ》いていない。暗がりのなかで懐中電灯の光だけがうごめいていた。室内を物色しているようすの人影が、あわてたように振り向く。

「管理人さん」美由紀は落ち着きはらった声で告げた。「鏡子さんの部屋でなにを?」

「ああ……ええと……いや」管理人は困惑したようすで、闇のなかから這《は》いだしてきた。

「留守中になにかあるといけないから、見回りがてら立ち寄っただけだよ。きみこそ、どうしたのかい」

美由紀はちらと靴脱ぎ場の床に置いてあったメロディ電報を見やった。また音楽が鳴りだしている。

「この手の電報って、光センサーでスイッチが入る仕組みなの。だから開きっぱなしにして暗闇に置いておけば、誰かが侵入しようとしたとき廊下の明かりに反応して鳴りだす。鏡子さんの帰宅時間はもっと遅いでしょ。おかしな動きがあれば確かめるのが隣人の務め」

「そうか……。あ、いや」

「ほかに人もいないみたいだし、管理人さん、どうして合鍵《あいかぎ》でこの部屋に入ったの？」

「いや……どうしてと言われても……」ばつの悪そうな顔の管理人が、廊下の明かりの下に立った。

その腰につけたウェストポーチは膨れあがっている。鏡子の室内から盗みとったものであることは明白だった。調べるまでもなく、管理人が一種の異常な趣味に興奮を覚えるタイプであることは、その挙動からわかる。

「警察を呼ぶわ」と美由紀はいった。

「ちょっと待て」管理人は鋭くいって、美由紀にすがるように近づいた。「待てよ！」

その瞬間、ここ二年ほどに学んだものとは別の直感、自衛官時代に養った危険を察知する勘が働いた。

管理人の右手に握られた銀いろの刃《やいば》が背に振り下ろされる寸前に、美由紀は身を翻してかわした。すかさず美由紀は踵《かかと》を低く蹴《け》りだす斧刃脚《ふじんきゃく》を管理人のむこうずねに浴びせた。脚を浮かせたまま引き戻し、今度は高く燕旋脚《えんせんきゃく》を放って管理人の手首をしたたかに打ち、凶器をその手から吹き飛ばした。

中年男は身体を鍛えているわけではないらしく、よろよろと後ずさって尻餅《しりもち》をついてしまった。感覚も鈍いようだ。打たれた手足にようやく痺《しび》れるような痛みを覚えたらしく、苦痛の呻《うめ》き声とともに床を転げまわった。

美由紀はため息をついた。やはり通り魔もこの男の犯行だったか。きのうの時点で、なにもかもわかっていたような気がする。

あるいはそれも、表情から感情を読みとったがゆえのことかもしれない。

たったひとりの中年男を連行するだけにしては、大仰すぎるほどの光景がマンションのエントランスにあった。やってきたパトカーは三台、闇夜にパトランプの赤い光が明滅している。

辺りを野次馬が取り巻き、警官らが整理に追われていた。早くも駆けつけたマスコミがカメラのフラッシュを瞬かせるなかを、ふてくされた管理人は警官らによって連行されていく。一台のパトカーに詰めこまれると、報道陣が取り囲む。パトカーはクラクションを鳴らして、路上へと消えていった。

美由紀はエントランスに立ち、刑事に事情を聞かれていた。刑事は手帳にペンを走らせながらいった。「元国家公務員のかたですか。それも幹部自衛官であられたとは。おおいに助かりましたよ」

「どうも……」

「しかし、なぜ管理人が怪しいとお気づきになったので？」

「なぜっていわれても……。昨晩、あの人は通り魔を警戒するために見回りに出かけると言っておきながら、喜びを感じてた」

「喜び？　どうしてわかるんですか」

「だから、それはね……。眼輪筋は内と外との二重構造になってて、瞼《まぶた》とそのすぐ下の皮膚を収縮させる内側の筋肉は意図的に動かせても、眉《まゆ》と頬に表れる外側の筋肉については無理なの。そこが反応しているということは、心から嬉《うれ》しいと感じているってことね」

「はあ。つまりあなたは……昨夜の時点であの男が悪巧みしていると気づいたと」

「いえ。そうじゃないの。悪意というのは理知的な謀《はかりごと》にすぎないから、感情面だけでは察することはできない。でも、その状況にそぐわない、あきらかに異常な心理状態をしめしていれば、秘められた意図があると感じることができるでしょ。あの男にはそれがあったのよ」

「ふうん……そうですか。そうなんでしょうね……」刑事は狐につままれたような顔をしていたが、やがて微笑を浮かべていった。「とにかく、ご無事でよかったです。ではまた、ご連絡いたしますので」

「ええ。いつでもどうぞ」

刑事が立ち去っていく。美由紀は辺りを見渡した。捕り物が終わったと知った野次馬たちが散りはじめている。夜の静寂が戻りつつあった。

と、スーツ姿でハンドバッグをさげた湯河屋鏡子が、小走りに駆けてきた。「美由紀さん」

「あ、鏡子さん。おかえりなさい」

鏡子は怯《おび》えた表情を浮かべていた。「いま警察の人に聞いて……。だいじょうぶだったの？ 怪我はない？」

「平気よ。でもマンションのオーナーさんには苦言を呈しておかないとね。もっとちゃんとした人を雇ってってね」

「そうね……。あ、ねえ。美由紀さん」

「なに？」

「さっき警察の人が言ってたけど、管理人の顔を見ただけで通り魔だってわかったんだって？」

またその話か。さっきから人と会うたびに同じ説明を繰りかえしている。「犯行の意志があるかどうかがわかったんじゃなくて、そのときの感情が……」

「美由紀さん。お願いごと、聞いてもらえないかな？」

「どんなこと？」

「わたしの仕事、まだ話してなかったよね。保険の営業をしてるんだけど……」

「保険って、生命保険？」

「そう。セールスレディともいうけどね。今月、ちょっと苦しいの。なかなか契約がとれなくて。落とせそうな家に連日通い詰めて売りこんでも、悩んだすえに結局やめました、みたいな返事が多いのよ。美由紀さん、まだ臨床心理士になってないんでしょ？　明日一日でいいから、一緒に来てくれない？　加入する気があるお客さんかどうか、教えてくれるだけでいいからさ」

「あの……そういうのはちょっと」

「できないの？　お客さんの気持ちもわからない？　心の底から喜んでるか、作り笑いをしているのか、その判別とかは無理？」

「無理じゃないけど……」

「じゃあ、やってよ」鏡子は顔の前で両手を合わせた。「お願い。このとおり」

美由紀は戸惑いを深めた。

たしかに鏡子のいうように、客の笑顔の真偽があきらかになるだけでも、セールスという仕事の効率は飛躍的に高まるだろう。

「だけど……」迷ったあげく、美由紀は頭をさげるしかなかった。「ごめんなさい。やっぱり無理」

「どうしてよ」鏡子の表情はたちまち曇った。「給料は歩合制だから、儲《もう》かったら少しぐらいお礼するよ」

「ありがたいんだけど……でも駄目なの。臨床心理士になる勉強の一環として習得した技術だし、訪問販売で人の心のなかを覗《のぞ》き見るようなやり方は……」

鏡子は硬い顔をした。「それって、わたしの仕事が重要じゃないって意味？　臨床心理士は人助けを目的にしてるけど、保険営業員はそうじゃないって？」

「そんなこと……わたしはそういうつもりでいったんじゃないのよ」

「いいわ。わかった。友達だと思ってたのに。まあ、フロアで一番広い部屋に住んでるあなたが、ほんのちょっとのお礼なんか必要なはずもないわね」

美由紀は面食らった。鏡子がこんなふうに態度を豹変《ひょうへん》させるなんて。親友とまでは呼べなくても、それなりに心の通いあった仲だと思っていたのに。

だが同時に、いまこうして向き合っていると、鏡子の感情は手にとるようにわかる。きわめて移ろいやすい心情の持ち主だ。日ごろから、自分ひとりが迫害されているように感じるところもあるのだろう。そのせいで他人への嫉妬《しっと》心も強い。いま、その嫉妬は美由紀に向けられていた。

「そんなふうに思わないで」美由紀はいった。

「なに？　そんなふうって、どんなふうよ」

「だから……。あなたはほかの人に比べて、なにひとつ劣っているところはないのよ。自分が人並みの幸せを得るためには、多少の無茶をしても許される、そんな考え方はしないで。人から冷たく思われるし、なにより自分を傷つけることに……」

「なにがいいたいのよ」鏡子は怒りだした。「あなた、わたしを見下して楽しい？　いっておくけど、そんなふうにわたしを軽視したところで、あなたの価値が上がるわけでもなんでもないのよ。空き巣を捕まえてわたしが感謝してくれると思った？　お礼ぐらいはいわせてもらうけど、あなたに遜《へりくだ》るほどのことじゃないわ。あなたと知り合いになっていることで、わたしが得になるなら交友関係を維持する。少なくとも、いい気分にさせてくれる人なら、まだ友達にしておく意味がある。けど、不愉快な気持ちにさせられたんじゃね。損するぐらいなら、こっちからお断り」

損得がすべてだと鏡子はいった。そして、その言葉を口にしたとき、鏡子の表情は人を打ちのめす愉《たの》しみに輝いていた。すなわち、発言にはひとかけらの嘘も含まれず、すべてが本心であることを意味していた。

なにもかもがわかってしまう。以前なら、いまの鏡子は取り乱しているだけと好意的に解釈できただろう。心にもないことを口走ってしまっている、そう思うこともできただろう。

けれども、もう無理だった。わたしは鏡子の真意を見抜いてしまった。彼女は、そういう人間なのだ。

「よくわかったわ……」複雑な思いとともに、美由紀は力なくつぶやいた。「あなたのいったことは、よくわかった」

鏡子は怒りと軽蔑《けいべつ》のまざりあった目で美由紀をにらみつけてから、黙って背を向け、エントランスのなかに歩き去っていった。

現場の後始末に追われる警官らが右往左往するなかで、美由紀はたたずんでいた。

心の奥底が覗けずにいれば、友達としての関係はまだ維持できたかもしれない。目をそむけることもできた。気づかないふりをすることも可能だった。でもわたしは、ひとり真実を知りながら、人を欺く道を選びたくはない。

孤独感が胸を締めつける。誰とも共有できない、そう感じたとき、涙がこぼれそうになった。それをかろうじて堪《こら》え、エントランスに歩を進める。

わたしは独りだ。しかしそれは、いまに始まったことではなかった。人間は誰もが独り。わたしはただ、それを痛感するようになった。それだけのことだ。

クローズアップ

試験の合否の発表を待つ数週間、美由紀の心は沈んでいく一方だった。

通り魔で空き巣だったマンション管理人を捕まえた美由紀のうわさは街じゅうを駆けめぐり、どうやら岬美由紀は人と目を合わせただけで心のなかを見抜いてしまうらしい、そんなふうに喧伝《けんでん》されていた。

渋谷区代々木という、都会にほど近い住宅街においては、主婦どうしの井戸端会議的なコミュニケーションは希薄で、もっぱら店の従業員や出入りする業者を介してうわさが広まっていく。

おかげで美由紀は、コンビニエンスストアに入ってもガソリンスタンドに立ち寄っても、目を合わせてもらえない状況に陥った。お釣りを渡しながらも店員は、無理に顔を隠そうとする。しだいに美由紀は、自分の立ち寄る店の従業員にかぎってサングラスやマスクの着用率が増えていることに気づきはじめた。

資格試験の会場で知り合った朝比奈宏美らに電話をかけても、やけによそよそしい態度をとられるばかりだった。試験の結果発表を待つ同志という態度は希薄で、会って話をしようという誘いにも応じてくれない。

「いろいろ忙しいしさ」と朝比奈は、せっかちな早口で告げてきた。「あと、そのう、美由紀さんは絶対合格するよ。わたしじゃ難しいし、ほかの職業探さなきゃね。じゃ、また」

返事をする暇もなく、電話は切れた。やたら裏声でしゃべっていたのは、声のトーンから心理を読まれると警戒していたからかもしれない。顔を合わせたがらないのも、心を読まれたくないからだろう。

朝比奈を恨む気にはなれなかった。人として当然のことだった。わたしだって、誰かに心を見透かされるのを好ましいこととは思わない。

美由紀は暗い気分で部屋に引き籠《こ》もった。リビングルームのソファでうずくまり、ひとりテレビのニュースを見やる。正午すぎだというのに、すべきことはそれだけだった。

キャスターは告げていた。けさ、成田空港に入国しようとした中国人女性が、ヘロインの密輸の疑いで逮捕されました。税関の調べによりますと、この女性は着ている衣服およびバッグのなかにおさめていた布製品などに、一・四四キログラムの水で溶かしたヘロインを染みこませ、密輸しようとしたということです。なおこの女性は、容疑を否認しているということです。

容疑を否認、か。思わずため息が漏れる。

わたしがこの容疑者と対面すれば、その真偽はすぐあきらかになる。

ただし、事実を知るのはわたしひとりだけだ。他の誰にも理解されることはない。彼女の容疑を裏づけるためには結局、わたしの証言など決定的な証拠にはならず、ほかに物証が必要とされるにちがいない。

なんのための能力なのだろう。かつての上官の名誉を取り戻すために臨床心理学を学んだのに、その目的は果たせず、人と会えない苦しみだけを背負うことになった。

そのとき、キャスターが緊迫した声でいった。「いま入りましたニュースです。東京都目黒区の大崎民間飛行場で、管制施設の入ったビルの屋上に飛び降り自殺を図ろうとしている男性の姿がみとめられるということで、警察や消防が地上に待機し、説得を試みようとしています。現場から中継いたします」

画面が切り替わる。滑走路とおぼしき開けた場所で、女性記者がマイク片手にまくしたてていた。「こちら大崎民間飛行場です。ここは業務用の小型飛行機などが離着陸する、短い滑走路が一本あるのみの小規模な施設ですが、現在は騒然としています。飛び降りようとしている男性の身元は、いまのところ不明で、この施設の職員ではないとのことですが……」

六階建てのビルが映しだされた。その屋上の手すりの外側に、スーツ姿の男性が立っているのがわかる。前のめりになって、いまにも空中に身を投げだしそうだった。

ズームレンズで男の顔が大写しになった。年齢は四十代半ばから後半、どこにでもいるサラリーマン風の男だ。不精ひげをはやし、ネクタイをだらしなく緩めている。自殺を思い立ったものの躊躇《ちゅうちょ》しているのか、怯《おび》えたような顔で目をしばたたかせている。

だが、美由紀は瞬時にその感情を読みとった。

真意、意志、目的。一瞬のクロースアップで、なにもかもが明白になった。

キャスターの声はつづいていた。「精神科医や臨床心理士が現場に集められ、この男性の精神状態を推し量るとともに、救出を支援しようとしていますが、男性が屋上の扉に鍵《かぎ》をかけてしまっているため、対話がおこなえずにいます。警察は、このままでは扉を破る強硬手段にでることもありうるとして……」

「だめよ」美由紀はつぶやいた。「その人を追い詰めちゃいけない」

こうしてはいられない。美由紀は立ちあがった。クルマのキーをひったくって玄関に向かう。

あの男性の気持ちを理解できているのは、おそらくわたしひとりだ。それなら、わたしが出向かねばならない。いかなる心理学のプロでも、正攻法のアプローチでは彼を説き伏せることはできない。かえって死を早めるだけだ。

ニート

山手通りを飛ばして、住宅街の真ん中にある大崎民間飛行場のゲートにガヤルドを乗りいれたのは、部屋をでて二十分ほど経ったころだった。

ゲートは無人同然に開け放たれていた。もともと、常駐の警備員もいないほどの小さな施設だ。入り口を警戒する習慣はないのだろう。

セスナやジャイロコプターなどの小型機が連なる滑走路付近にクルマを停めると、美由紀は外に降り立ち、管制施設のビルに向かって走った。

すでにそこは警官と報道陣らでごったがえしていた。拡声器で屋上に呼びかけている人物の背には、見覚えがあった。

面接で会った、資格認定協会の専務理事だ。してみると、スーツ姿の男たちに臨床心理士も混ざっているのだろう。

見あげると、ビルはテレビで観たよりずっと高く思えた。縁《へり》ぎりぎりに立つ男の姿はまさに点のようだ。

専務理事の声が響く。「とにかく落ち着いて、その場に腰を下ろしてください。ゆっくり深呼吸して。安全な場所までさがるんですよ。話は充分に時間をとってうかがいます。誰もあなたを責めたりしません」

ちがう。専務理事はあの男の心理を見誤っている。彼は心から自殺を望んでいるわけではない。

人を掻《か》き分けて専務理事のいるところまでたどり着こうともがいた。と、そのとき、聞き覚えのある男の声がした。「美由紀。美由紀じゃないか」

はっとして振りかえると、舎利弗がいつものように丸く目を見開いて立っていた。

「あ、舎利弗先生。なんでここに？」

「付近にいた臨床心理士で手が空いている人間は、全員招集されたから……。きみのほうこそ、どうしたんだい」

「聞いて。あの男性は自殺を図ろうとしてるわけじゃないの」

「なんだって？　でも現にああして……」

「こんな事態になったことに戸惑いを覚えている。うつ病患者っていうわけでもないわ。気分障害の兆候はみられない。でも気弱なうえに、第一次被暗示性が高いように思えるの。

最初はその意志がなかったのに、周りが彼を自殺者だとみなしていると、実際に自分が死にたがっていたんじゃないかと錯覚しはじめるのよ」

「え……？　いや、まあ、なくはないが、でもそんな……。いまの僕らがあの男性を追い詰めていると？」

「そう。周囲も彼の死を望んでいる、そんなふうに思い違いをする」

「暗示で自殺は実行できないだろう。本能的に防衛するはずだ」

「うつ病でなくても、ほかに精神的に不安定になる理由があるのかもしれない。どっちにしても、彼の現在の心の状態を尊重して、そこから対話を始めないと……」

ふいに制服警官が近づいてきた。「失礼。報道のかたですか？」

舎利弗がおどおどといった。「ええと……彼女は、臨床心理士である僕の知り合いで、助手のようなもので……」

「許可のあった関係者のかたしか、ここにはいられません。ただちに退去してください」

「いや、でも……」

「いいの」美由紀はため息をつき、舎利弗に告げた。「もう行くから」

困惑ぎみに見送る舎利弗の視線を背に感じながら、美由紀は人の輪からでていった。

わたしの能力を理解している舎利弗は、耳を傾けようとしてくれる。それでも、専務理事を説得するとなると困難だろう。人からみれば、わたしの主張は独断にすぎない。

憂鬱《ゆううつ》な気分で喧騒《けんそう》から遠ざかったとき、ジャイロコプターの機体が目に入った。

バイクのように乗員がむきだしになるコックピットに、ヘリのようなメインローターがついた小型の飛行用マシン。幹部候補生学校時代に訓練で乗ったことがある。これなら……。

そう思ったときには、すでに美由紀は機体に駆け寄っていた。まだ周囲の誰も美由紀を不審がる気配をみせていない。

コックピットに乗りこみ、イグニッションスイッチを押した。軽いエンジン音はトラクターのようだ。

メインローターが回転を始めると、騒音と風圧でさすがに人々が気づきだした。唖然《あぜん》とこちらを眺める人の群れのなかで、舎利弗が怒鳴っているのがきこえる。「美由紀！　どうするつもりだ⁉」

わたしにできることをするだけだ。美由紀は操縦桿《かん》を前に倒して機体を滑走路に差し向けた。

ヘリは垂直に上昇できるが、ジャイロコプターの場合は前進させて主翼に下から空気を当てねばならない。滑走路上で速度を上げていったんビルから遠ざかる。速度計よりも、顔に感じる風圧をたよりに操縦桿を引いた。機首がぐんと持ちあがった。視界に青い空がひろがる。ジャイロコプターは高度をあげていった。

旋回し、ビルのほうに進路を変える。眼下をちらと見やると、誰もが揃ってこちらを眺めていた。専務理事は拡声器を手にしたまま凍りついている。

これで資格も一生手に入らないかもしれない。運命とは、そんなものだろうと美由紀は思った。もう目的などない。臨床心理士になっても、意味はない。

屋上に迫ると、バルコニーの外側に立った男がびくついたのが見てとれた。美由紀は片手をあげて、心配しないでとしめした。さらに高度をあげてビルの高さを追い越し、そこから徐々に下降する。

着陸もヘリのようにはいかない。さほど広さのない屋上に対し斜めに進入し、タイヤを接地させる。シートベルトをはずし、横っ跳びに機体から脱出した。無人のジャイロコプターはビルのバルコニーにがつんと打ちつけて、あたかも目を回したかのように屋上をさまよった。

美由紀はコンクリートの屋上に叩《たた》きつけられた痛みを堪《こら》えながら、立ちあがった。迷走する機体に駆け寄り、コックピットのスイッチを切る。エンジン音がやんで、メインローターは失速しはじめた。

ふうっとため息をつき、美由紀は振りかえった。反対側のバルコニーのフェンスの向こうで、男は怯《おび》えた顔でこちらを眺めている。

「なんだ？」男は震える声できいてきた。「いったいどうしたってんだ。あんた誰だ？」

「落ち着いてよ。わたしは岬美由紀」

「岬？　何者だよ」

「何者って……いまは無職かな。さっきまで引き籠《こ》もってテレビ観てたし、強いていえばニート」

「ニートがなんの用だ。こんな無茶して。俺が飛び降りたらどうするつもりだったんだ」

「いいえ。あなたは飛び降りないとわかってた。自殺の意志がないってこともね。あなたはおそらく、無断でここに立ち入り、なにかのはずみで扉に鍵《かぎ》がかかって、降りられなくなった。困り果てて、なんとか下の窓に移ろうと、勇気を振りしぼってバルコニーの外側に出たけど、そこで地上の人に見つかり通報されてしまった。誰もがあなたを自殺志願者と思っているせいで、あなたは進退きわまった」

男は衝撃を受けたようすで目をむいた。「どうしてそれを……」

「あなたの表情には当惑という感情しか浮かんでいなかったからよ。心配ないわ。ゆっくりこっちに来て」

だが男は、また情けない顔をして首を横に振った。「駄目だよ……。いまさら降りていったら、怒られる。会社もクビになる」

「きちんと理由を話せばだいじょうぶよ」

「どんな理由を？　俺は外回りの営業をさぼって、ここで景色を眺めることが日課になってた。それだけのことだ。どうやって上司にいえる？」

「冷静になって。そもそも、なぜここに頻繁に立ち寄るようになったの？」

ちらと男は地上を見下ろした。それからびくついた顔で美由紀を振り向き、泣きだしそうな声で告げてきた。「前から自殺を考えてたのかも」

「それはないわ」

「なんでそんなことがいえるんだよ」

「聞いて。あなたがいまそんなふうに感じるのは、この状況から逃れたいという一心からよ。そのために衝動的に飛び降りを図ろうとする気持ちと、踏みとどまろうとする意志が葛藤《かっとう》してる。でも、自分の苦しみを和らげるために、自殺を正当なものとして受けいれようとしはじめているの。以前は自殺なんて本気で考えもしなかったのに、この雰囲気のせいで、何度かそう感じたように思えるのよ」

「嘘だ」

「いいえ。ほんとよ」

「前にもバルコニーからこっちに出たことがあるぞ」

「それって、確かなことなの？　よく考えて」

「いや……よく覚えてないが、ここから真下を眺める光景を、以前にも目にしたと思う。だから本当だ」

「違うのよ。それは既視感っていうものにすぎない。自我の一時的分裂で生じるのよ」

「なんだ？　難しすぎる。もっとわかりやすくいえ」

「あなたはバルコニーを乗り越えてから、ずっとひとつのことだけ考えてたわけじゃないでしょ。いま自分が置かれている状況から気持ちが逸《そ》れて、家庭のことや、仕事のことを考えたりした。そこからまた現状を認識する心理に戻ったとき、その認識は二度目だから、前にもそんなことがあったように思えるの。日常よくある心理現象よ」

「ああ……。たしかに……そうかな」

「間違ってたら教えて。あなたはたぶん、パチンコかゲームが好きで、以前はそれにハマることで昼間のサボり癖がついた」

「おい！」男は塀のなかの囚人のように、フェンスにしがみついてきた。「パチンコ好きだなんて、どうしてわかるんだ!?」

ゲームでなくパチンコか。美由紀はつづけた。「瞬《まばた》きが少ないから、トランス状態に陥りやすいってことがわかるの。パチスロは苦手でしょ？　集中力は長い時間、持続しないみたいだから。あなたはその趣味でお小遣いを使い果たして、それ以降ここで時間をつぶすようになった。いつも周囲の空気に染まりがちで、影響されやすい自分を感じているはず……。いまもそうでしょ？　自殺することが人々の期待に応《こた》えることのように思いはじめてる。それでも自殺できない自分の情けなさに腹が立ってしょうがない。そうじゃない？」

突如、男はむせび泣きだした。

美由紀はフェンスの隙間からハンカチを差しいれた。「だいじょうぶ？」

「ああ」男はしきりに涙をぬぐいながらうなずいた。「飛び降りすらできないなんて……情けないよ」

「だから、それは違うんだって。自殺願望は錯覚にすぎないの。あなたは周りに受けいれられようと、いつも自分の意志を曲げて、最初から他人の望むかたちを自分も望んでいたんだと、錯覚させることで平常心を保ってきた。でも、そんなのは本当のあなたの人生じゃないわ。あなたは、自分の意志を持っていいの。やりたくないことは、やらなくたっていいのよ。少しずつでも、自分がどうしたいかをあきらかにするように努力してみて。自分を偽っちゃいけないのよ」

男は泣きじゃくり、フェンスにすがりついていた。

もう心配ないな、と美由紀は感じた。心が落ち着いてきたら、彼がフェンスを越えてこちらに戻るのを手伝うだけだ。

彼はいま、少なくとも今後まだ自分を試せる機会があることを知った。生きるための意志としては、充分すぎるほどの課題だ。

決定

陽が傾きかけてきたとき、美由紀はようやく地上に戻った。

管制施設の前には、あいかわらず警官らがひしめきあっていた。名も知れない男はいま、救急隊員に保護され、救急車に向かっている。自分の足で歩いていた。長時間にわたり屋上に籠城《ろうじょう》していたわりには、しっかりとした足取りだった。

美由紀は人の群れのなかにたたずみ、それを見守っていた。屋上の扉をバーナーで破るのに長い時間が費やされたことを除けば、すべてうまくいった。彼の命は救われ、将来に希望の光も感じた。

わたしの能力が、初めて人のために役立った。そう思った。

ただし、安堵《あんど》を覚えていられるのもこれまでだった。予想どおり、血相を変えた刑事たちが美由紀につかつかと歩み寄ってきた。

「岬さんといいましたね」刑事のひとりがいった。「あなた、どうかしてますな。人の乗り物で勝手に空を飛んで、屋上に突撃とは」

「ええ」美由紀はつぶやいた。「申しわけありません。クルマを売って弁償します」

「クルマだなんて。損害の金額は低く見積もっても、一千万円以上ですよ」

「……はい」

刑事は妙な顔をしたが、ふとなにかに気づいたようにたずねてきた。「あのランボルギーニ、あなたの？」

「そうですけど」

賠償金額には充分と知ったからか、刑事は調子を崩されたらしい。戸惑いがちにいった。

「とにかく、あの男性の飛び降りを説得で阻止しようというときに、あんな危険な真似を……」

「いや」と声が飛んだ。

刑事が眉《まゆ》をひそめて振りかえる。美由紀も声のしたほうを見た。

飛び降りを企てた男は、救急隊員を伴ったまま足をとめてこちらを見ていた。

男は真顔で告げた。「ぜんぶ、その岬さんのいうとおりだったんだよ……。岬さんが見抜いてくれなかったら、僕は飛び降りてた」

静寂が辺りを包んだ。誰もが沈黙していた。

微笑みが男の顔に浮かんだ。それから申しわけなさそうに深々と頭をさげると、またゆっくりと歩きだす。

その背を見送ってから、刑事は美由紀に向き直った。

いくらか表情の和らいだ刑事は、美由紀にため息まじりにいった。「彼の取り調べを終えてから、あなたにも話を聞きに行きますよ」

「ええ。いつでも……」

刑事らが立ち去っていく。何人かは不服そうな顔を向けてきたが、苦言は呈さなかった。結果に救われた、彼らはそう思っているのだろう。わたしが確信したことは、彼らには共感できない。

また孤独を感じはじめたとき、舎利弗が歩み寄って声をかけてきた。「美由紀」

「舎利弗先生……。ご迷惑をおかけして……」

「いいんだよ。それより、怪我はない？　屋上で、ずいぶん荒っぽい着陸をしてたみたいだけど」

「平気です。あ、専務理事は……」

「さっき帰ったよ。ここではもう、することがないとおっしゃってた」

やはり。美由紀は胸に痛みを感じた。思わずつぶやきが漏れる。「短い夢だったな……」

「夢って？」

「正直いって、いままでは臨床心理士の資格を得ることに執着してなかった。けど、さっき屋上であの人を説得したとき……わたしにもできることがあるかもしれない、そう思ったの。皮肉な話ね。臨床心理士になりたいってようやく思えたのに、永遠にその権利を失うなんて……」

舎利弗は美由紀を見つめ、ため息をついた。それから懐に手をいれ、一枚の封筒を取りだした。

封筒を差しだしながら、舎利弗がいった。「専務理事から預かってたものだ。こんな場所で渡すことになるなんてね」

「え？」美由紀はそれを受け取った。透明なフィルム部分に、一枚のカードがのぞいてみえた。

そのカードの記名欄には、岬美由紀の名があった。

美由紀ははっと息を呑《の》んだ。「これって……」

「おめでとう、美由紀」舎利弗が微笑とともに告げた。「合格だよ。きょうから五年間、きみは臨床心理士だ」

まだ信じられない自分がいる。呆然《ぼうぜん》とＩＤカードを眺めた。わたしに、新しい道が拓《ひら》けた。こんな向こう見ずなわたしに。

自分の名を眺めているうちに、視界がぼやけはじめる。涙がこぼれおちそうになった。

舎利弗は美由紀の肩をぽんと軽く叩《たた》いた。「歓迎するよ。きみは、臨床心理士会の歴史に残る人物になりそうだ」

「それって、どういう意味?」

「どうって……きみほどすごい才能のある人間は、ほかにいないからさ。なんていうか、日本ばかりか世界までも救いそうな人にみえるよ。あ、くれぐれも過労にだけは気をつけてね」

美由紀は思わず笑った。涙を流しながら、舎利弗を見つめて笑った。

陽の光が赤く染まりはじめる。気温がさがり、かすかに冷たいそよ風が頬をなでていく。涙を早く乾かせ、そううながされている気がする。そう、わたしはもう泣いている場合ではない。道が見つかったのだから。使命が、一日も早くわたしを求めているから。

現在

あれからもう、一年以上が過ぎた。いろいろなことがあった。

神宮外苑《がいえん》の銀杏《いちょう》並木、傾きかけた春のおだやかな夕陽の下、二十八歳の美由紀は道端に停めたメルセデスベンツCLS550に寄りかかり、空を見あげていた。

石川県での〝白紅《しらべに》神社〟の一件の後始末を終えて、東京に戻ってしばらく時間が過ぎた。たぶん、なんの因果関係もない場所で、どうしてあのころのことを思い起こしたのだろう。

肌に感じるそよ風、気温、黄昏《たそがれ》のせまるこの光景が、あのときとよく似ていたからだろう。記憶はそんなふうに、思いも寄らないタグに引っぱられて表層に浮かびあがってくる。

美由紀は苦笑した。あのとき自殺を図ろうとしていた男性は、いまでは青山通りで最も目立つ瀟洒《しょうしゃ》なビルにオフィスをかまえる、IT業界のエリート社長だ。彼のカウンセリングはほかの臨床心理士が受け持ったが、日増しに心の安定を取り戻し強くなっていく過程は聞き及んでいた。いままで頑張れたのは、彼のおかげでもあるかもしれない。同じとき、同じような不安にさいなまれて生きていた。それが両者ともにスタート地点だった。そして、それぞれの現在がある。

パーキングメーターにコインを投入して、その場を離れようとしたとき、聞き慣れた女の声がした。「美由紀」

振りかえると、待ち合わせの約束をしてあった高遠由愛香《たかとおゆめか》が、質のいいスーツ姿で小走りに駆けてくるところだった。

「ああ、由愛香。早かったね」と美由紀は微笑みかけた。

「このへんにはいくつか店を持ってるから。来やすいのよ」由愛香は派手なアイラインを施した目で、美由紀をいたずらっぽく見た。「もっと稼ぎのいい仕事に転職したら？　わたしがオーナーをしてる飲食店の店長なんかどう？　店名も千里眼に変えたら大繁盛するわよ、なにもかも見透かされる店なんて」

美由紀は苦笑して、道の向かいにある喫茶店のテラスに歩きだした。「お客さんが嫌がるわよ、なにもかも見透かされる店なんて」

千里眼、か。いまは亡き友里佐知子に代わって、自分がそう呼ばれるのは必然の運命だったかもしれない。占い師のようなあだ名は迷惑ではあっても、わたしは運命を受けいれる。この技能で多くの人の命を救ってきた。これからも、それがわたしの生きていく道なのだろう。

歩調を合わせながら由愛香が嘆いた。「残念ね。あなたが店長になったら、売り上げをごまかすアルバイトもいなくなるのに」

「ああ、そっちの話か」

「そう。あなたも人の顔見て心のなかがわかるなら、経営者の苦悩ってのを理解してくれるでしょ。税金より頭にくるのが従業員の業務上横領。ほんとむかつく」

「お金持ちの家に生まれて、いまも複数の店舗で年商二十億以上を稼ぐ立場で、アルバイトの不祥事がそんなに気になる？」

由愛香は目を丸くした。「コソ泥を容認しろって？」

「そうじゃないけど……バイト料をもう少し増やすとかさ、やり方があるかも」

「冗談じゃないわよ。この手の商売は経費が際限なくかかるの。従業員には角砂糖一個無駄にしてほしくないわね。それが経営者の心理ってものよ」

テラスに着くと、若いウェイターが小走りにでてきた。「こんばんは。きょうもおふたりさまで？」

由愛香がうなずいた。「ええ。いつもの席で」

ウェイターは美由紀ににっこりと笑いかけて、うやうやしく進路を手でしめした。「どうぞ」

その背につづいて歩きだしたとき、由愛香が耳うちしてきた。「彼、あなたに気があるわよ」

「どうしてよ」と美由紀は面食らってささやきかえした。「たぶんあの人、年下じゃない？」

「あなたも若く見えるから。ほんと、女子大生みたいで羨《うらや》ましい」

「ひやかさないでよ」

「とぼけちゃって」由愛香はそういうと、マガジンスタンドから女性向けの雑誌をいくつか手にとってから、ウェイターの薦める席に座った。

美由紀が腰を下ろすとき、ウェイターはその椅子をひいてくれた。座ってから美由紀はウェイターの顔を見あげたが、彼はそそくさと立ち去ってしまった。

「駄目ね」由愛香は雑誌をぱらぱらとめくりながら苦笑した。「女のほうから男に目を合わせちゃ、避けられるにきまってるじゃない」

「でも……真意をたしかめたくて」

「それで、なにかわかった？」

「いいえ……」

由愛香はため息をついて雑誌をテーブルに置いた。「千里眼が、自分に惚《ほ》れてる男の気持ちもわからないの？」

「それは、そのう……恋愛感情だけは読み取れないのよ。男の人の……」

「冗談でしょ。ねえ、美由紀。いまわたし、ちょっといい人見つけて、付きあおうかと思ってるんだけど」

「へえ。よかったじゃない」

「だから、その彼の顔見て、本気かどうか確かめてくれないかな」

「そういうのって困るんだけど……」

「いいから、会うだけ会ってよ。明日の昼、六本木ヒルズで待ち合わせしてるからさ。仕事抜けだして来てくれない？」

まいったな。どう断ろうかと視線がテーブルの上をさまよう。

と、ふと写真週刊誌の表紙の見出しが目をひいた。〝旅客機墜落、全員死亡の日!?〟

衝撃的な一文に緊張が走る。美由紀は雑誌を手にとった。「これって……？」

「あ、それ？　汚いよね。ショッキングな見出しで、なにかと思ったら、また好摩《よしま》でしょ」

「好摩？」

「知らないの。フリーライターで、売れない貧乏生活から脱却しようとなりふりかまわずでさ。未解決事件の真犯人と接触したとか、与党政権の弱みを握るメールを見つけたとか、捏造《ねつぞう》ばっかり。おかげで名前と顔は知られるようになったけど、胡散《うさん》臭さは満点ね。誰も本気にしないよ」

美由紀は記事のページを探し当てた。フリーライター好摩牛耳《ぎゅうじ》（43）、またまたお騒がせ情報。今度は旅客機墜落。

顔写真とともに記事があった。美由紀は読みあげた。「ええと……あの好摩がまたもやトンデモな事件の情報を察知したと本誌記者に語った。今度は、十七日の国内便の旅客機が墜落、乗客は全員死亡をまぬがれないというもので……」

「ほんと、やな奴ね。テロや事故の被害者遺族の心情とか、なんにも理解してない。話題になりそうなネタをでっちあげては、マスコミが食いついてくるのを待ってる。自分が遊ばれてるだけってこともわかってないみたいで、すっかり有名人きどり。ああ、やだやだ」

だが、美由紀は思わず我を忘れてその写真に見いっていた。

茶髪で着崩した服装の好摩は、年齢とは不相応な子供っぽさを漂わせてみえる。自己顕示欲が強いのか、目をかっと見開いてカメラに指を突きつけるそのしぐさは、三流のタレント同然という印象だった。

写真に添えられたキャプションには、すべて事実だと本誌記者に豪語する好摩氏、そうあった。中立を装った文章だが、じつは読者とともに彼を小馬鹿にしようとする書き手の意地の悪さが垣間《かいま》見える。

気になるのは好摩の表情だ。下まぶたが緊張した状態で眉毛《まゆげ》を上げ目を見開いている。顎《あご》を下げて口を開け、唇を左右に伸ばす。これは、トラックなど大型自動車を運転するドライバーの表情だとよく心理学のテキストに記載されていた。いつ訪れるかわからない不測の事態に対する警戒心がこの表情をつくるのだという。つまり、目の前に恐怖の対象があるのではなく、漠然とした脅威を感じながら生きていることを意味していた。

好摩が本当に旅客機墜落の事実を知っていて、その秘密を暴露したのだとしたら、この表情は理にかなったものといえる。もちろん、写真がキャプションどおりの一瞬をとらえたものか否かはわからない。別の会話に移ったときに撮られた写真だった場合、表情は意味をなさなくなる。

けれども、美由紀は感じた。この男は真実を語っている可能性がある。

「十七日って」美由紀は店の壁にかかったカレンダーを見やった。「三日後よね」

「やめてよ。美由紀。あなたほどの人がそんなの真に受けないでよ」由愛香はうんざりしたように顔をしかめてから、角砂糖のビンの蓋《ふた》を開けて中を覗《のぞ》きこんだ。「へえ。この店、いい角砂糖使ってる……。家賃高いはずなのに、このクオリティの砂糖を使ってるなんて。よっぽど安く仕入れてるのね。店長呼んで、どこで買ってるか聞こうかな」

由愛香はいい友人だが、セレブを気取ることになんの躊躇《ちゅうちょ》もしめさないという、美由紀には理解しがたいところもある。自分の経営でない店でも、ただの客ではないという態度をとりたがる。もちろんそんなとき、美由紀が気にかけていることに関心をしめしてはくれない。

「ごめん」美由紀は腰を浮かせた。「ちょっと用事を思いだしちゃって」

「嘘？　銀座のレストランの予約は？」

「誰かほかの人、誘って。ほんとに無理いって、ごめんね。また明日電話するから」

「わたしの彼と会う約束、忘れないでよ」

そのことにずいぶん期待をかけているらしい。美由紀は困惑したままテーブルを離れた。

由愛香がひさしぶりにわたしに会いたがった理由はそれだけか。

だが美由紀のほうにも、捨て置けない用事ができた。足ばやに店をでながら、美由紀は思った。浅い交友関係、深まらない友情。わたしの周りとのつきあいは常にそこにとどまる。仕方がないことだった。目をじっと見つめただけで、その人とつきあうことはできなくなる。傷つくことを回避するのなら、情を感じないていどの交流に留《とど》めておくしかない。

あと一日

ひと晩がかりで、美由紀は好摩という男についての世間の評判をインターネットから入手した。ほぼ由愛香が語ったとおりの人物像だった。それでもフリーランスだけに謎の多い男のようだ。唐突にテロ計画の情報を入手することも、ないわけではない。

翌朝十時、美由紀は写真週刊誌の版元を訪ねた。出版社といっても雑居ビルのワンフロア、部署も編集部しかない小規模な会社だった。

応接室もなく、雑然とデスクの並ぶ部屋のなかで、どこか軽薄そうな印象の中年の男が出迎えた。「これはどうも、編集長の朝霧です。いやあ、岬美由紀さんがおいでになるなんて……。たまに取材をお受けになるときにも、大手ばかりじゃないですか。今度は角川書店とお付き合いされているとか？　引く手あまたですな。うちみたいなちっぽけな会社に連絡をとってくださるなんて」

朝霧の目は喜びに輝いている。好奇心半分、あとの半分は売り上げにつながる話を期待してのことだろう。あいにく、わたしは記事になるニュースの売りこみに来たわけではない。

「好摩という人の件で、おうかがいしたいことがあって……」

予想どおり、朝霧の表情は曇った。「ああ、彼のことですか。いい加減反響も期待できないんで、載せるかどうか迷ったんですがね。結局、掲載したのはうちぐらいでしたな」

「旅客機墜落という重大な情報は無視できないと思うんですけど、どのていどの信憑性《しんぴょう》があると思われてますか？」

「信憑性……ねえ。いや、それはべつに……。こういうことを言いだした人間がいる、と その事実を伝えているだけですからな」

「でも、報道である以上は、それなりに裏づけがあると考えて掲載したわけでしょう？」

面白半分に記事を載せたことを非難される予兆を感じ取ったのか、朝霧はそわそわしはじめた。両手をポケットに突っこんで、さかんに目を逸《そ》らす。

「担当の記者がいまここにいないので……」と、朝霧がいったそのとき、携帯電話が鳴った。朝霧はポケットから携帯をとりだし、耳に当てた。「……はい、朝霧です。ああ、先日はどうも。はい、わかりました。すぐにうかがいます」

美由紀は朝霧の態度に苛立《いらだ》ちを覚えた。次にどんな言葉が飛びだすか、おおむね予測もつく。

朝霧は携帯をしまいながらいった。「申しわけありませんな。急用が入りまして……」

「もうひとつ聞きたいんですけど」美由紀はあえて冷ややかに朝霧を見つめた。「人を追い払うときにはいつもそうしているんですか？」

「……なんの話です？」

「ポケットに手をいれて、携帯電話を111とプッシュした。NTTドコモの着信試験の番号よね。しばらく間をおいて呼び出し音が鳴るから、電話にでたフリをして会話の芝居を始めるには好都合」

あっさりと真実を見抜かれ、朝霧はあわてたらしい。「ど、どうしてそれを……」

「表情を見てればわかるの。曲がりなりにも編集長ともあろう人が、あんまりかっこいいやり方じゃないと思うけど」

周囲のデスクで働いている編集者たちがしんと静まりかえる。ふだんからあまり部下に信頼されていないのか、軽蔑《けいべつ》のこもったまなざしが朝霧に向けられていた。

額に脂汗を浮かべながら、朝霧は美由紀に顔を近づけてささやいてきた。「いったい、なにがお望みですか」

「フリーライターの好摩さんに会わせて。できるだけすぐに」

「すぐにって？　どうしてです？」

「彼の発言がほんとなら、飛行機が落ちるまであと二日しかないから」

「まさか。なぜ好摩の言葉を信じるっていうんですか」

「それはね」美由紀はため息とともにいった。「わたしには真実が見えるからよ。もちろん間違っていてほしいけどね。でも無理。外れたためしがないから」

JAI

　それからすぐに、美由紀は編集長の朝霧を助手席に乗せて、目黒区のはずれにあるという好摩の仕事場へとクルマを走らせた。

　いいクルマですな、と助手席でつぶやいた朝霧は、しだいに緊張も解《ほど》けてきたらしく、矢継ぎ早に美由紀に質問を繰りだしてきた。

　住まいはどちらで？　ご結婚を考えているようなお付き合いとかないんですか？　連日大勢の人にカウンセリングを求められているそうですが、いまの稼ぎはおいくらぐらい？

　独占インタビュー風の記事でもでっちあげようとしているのだろう。美由紀は気のない返事をして、お茶を濁そうと考えた。

　と、そのとき、朝霧がいった。「もうすぐご両親の命日ですが……」

　美由紀はすかさず、朝霧に目を向けた。

にらまれた朝霧は失言と悟ったらしい、咳《せき》ばらいをして、なんでもありませんとつぶやいた。

前方に目を戻し、ステアリングを切りつづける。心のなかで張り詰めたものを、ほぐそうとため息をつく。

過去のことだ、と美由紀は自分に言いきかせた。

好摩の事務所兼仕事場は、住宅街のなかの三階建ての貸しビル内にあった。白いタイルに包まれた、シンプルだが洒落《しゃれ》た造りのビル。この立地なら賃貸料もそれなりにするだろう。

ビルの脇には二階につづく階段があった。好摩は、その二階をまるごと借り切っているらしい。

階段の前に立って美由紀はいった。「とても売れっ子さんだったみたいね……」

「とんでもない」と朝霧が苦笑を向けてくる。「フリーライターなんて、まっとうに名が売れている連中でも、同世代のサラリーマンほどにゃ稼げませんよ。好摩も例外じゃありません。次の仕事も、歌舞伎町の中華料理店のレジ泥棒を警察より先に暴いて記事にするとか、つまらんことを鼻息荒く語ってましたから」

「けど、この事務所は……」

朝霧は階段を昇りはじめた。「出版以外のサイドビジネスが成功してたってことでしょう。なにに手を染めてたかわかったもんじゃありませんけどね。内縁の妻がいるという噂もあったし、とにかくこっちとしても、金にならなきゃ付きあいたくない男ですよ」

美由紀も朝霧の背につづいて階段をあがった。二階専用のエントランスの前で、朝霧がチャイムを鳴らす。

しばらく待ったが返事はなかった。朝霧がぶつぶつとつぶやく。おかしいな、明かりは点《つ》いているみたいだが。

ドアの錠は鍵穴《かぎあな》ではなく、テンキーの埋めこまれた電子ロックだった。朝霧がキーを押す。１、８、６、３。

「暗証番号が間違っています」と電子音が告げてきた。

朝霧は首をひねりながら、何度もその四桁《けた》を繰りかえし打ちこんだ。「妙だ」

「番号を知ってるの？」

「以前に、留守中に原稿を取りに来るときには勝手に入ってもいいと言われてましてね。アメリカの奴隷制度が終わった年だといってましたから、リンカーンの奴隷解放宣言の年号でしょう。だから１、８、６、３と……。また駄目だ。どうしてだろうな」

「わたしに試させて」と美由紀は身を乗りだした。思いついた数字を入力する。１、９、

9、5。ピッと音がして、開錠された。ノブをひねると、ドアはゆっくりと開いた。

驚いたようすで朝霧がたずねてくる。「なんですって？　一九九五年？」

「そう。ミシシッピ州だけが奴隷制度の全廃を州憲法に記載するのを忘れててね。二十世紀の終わりになってやっと気づいた人がいて、修正された。だから正確には、合衆国の奴隷制度が終わったのは一九九五年」

「知らなかったな」

「あなたを困らせてから正解を告げるつもりだったんでしょうね。いたずら好きな面もあるってことかしら。でも嘘をついたわけじゃないから、虚言癖ってわけでもないだろうけど」

「どうだかね。あいつは信用できん男ですよ」朝霧は苦い顔でそういって、先にドアから入っていった。

美由紀も慎重に事務所のなかに立ち入った。無人のオフィス、内装は上品なヨーロピアンモダンに統一されている。天窓から明かりが差しこんでいるほか、デスクの照明も点灯したままだった。

デスクの上に散らばっているのは、ジャンボ旅客機の整備用の図面のようだ。詳細な座席配置図、コックピットの計器類の解説図もある。客席の天井裏にあるフライト・コントロール・ケーブルの配線図さえもあった。それら書類にはＪＡＩ、ジャパン・エア・インターナショナルのロゴが刻印されている。

市販されたものではなく、航空会社から持ちだしたもののようだ。美由紀は朝霧にいった。「旅客機のことを本気で調べあげようとしていたのは確かみたいね」

「はったり記事をでっちあげるための資料かもしれんがね」朝霧は奥のドアに近づいていった。「こっちは書庫だけだと思ったが……」

と、朝霧がドアを開けたとたん、叫びをあげて立ちすくんだ。

びくっとして美由紀は顔をあげた。朝霧に駆け寄りながらたずねる。「どうかしたの？」

朝霧はひきつった顔で、書庫のなかを指差した。

そこには、吊《つ》るされたロープに首を巻きつけたスーツ姿の男の死体が、干し肉のようにだらりと垂れさがっていた。

遺書

行く先々で警察の起動捜査隊の初動捜査に付きあわされる。事件のあった現場で、第一発見者として何度も同じ証言を繰りかえさねばならない。誰にもわからないことを真っ先に見抜ける技能がそなわっている以上、仕方がないことかもしれない。

いまも美由紀は、好摩のオフィスの片隅にたたずんで、救急隊員によって書庫から運びだされる遺体を眺めていた。

鑑識は指紋の採取をあらかた終えたらしい。段ボールに詰めこまれた遺留品の運びだしが、早くも始まっている。

首吊り死体は好摩牛耳に間違いなかった。着ていた粗末なスーツは、この立派なオフィスには似つかわしくない。近いうちに大金が転がりこむ可能性があって、オフィスは先行投資、スーツのほうはまだ安物で済ませていたという状況だろうか。

エントランスの辺りで朝霧から事情をきいていた三十代後半の痩《や》せた刑事が、こちらに向き直った。つかつかと歩を進めてくる。

「岬美由紀さんですか」と刑事はしかめっ面できいてきた。

「そうですけど」

「本庁捜査一課の七瀬《ななせ》卓郎《たくろう》警部補です。恐縮ですが……」

「ええ、わかってます。まず起動捜査隊に成り行きを話して、あとから捜査一課の人に同じ話をする。いつものことね」

七瀬の目が険しくなった。「慣れてるみたいですな」

「よくあることだしね。他殺体である以上は捜査一課の人も熱心に調べたがるだろうし」

「他殺？」

「ええ。似たような現場に出くわしたことがあるの。首すじに無数のひっかき傷ができてた。ロープをはずそうとして必死に喉《のど》もとを掻《か》きむしるせいで、そうなるのね。吉川線っていうんだっけ、発見者の吉川澄一《よしかわちよういち》教授の名に由来して」

「専門用語もよくご存じで。しかもホトケを前にずいぶん冷静だったんですな」

「行き着く先に不幸が待ってることは、おおむね予測済みだったりもするの」

「ふうん……。ここにおいでになった理由は？　臨床心理士が相手にするのは生きている人間だと思ってましたが、生前の好摩とはお会いになってないんでしょう？」

「まあね。でも雑誌に載ってる好摩さんの顔が真剣だった。旅客機墜落は嘘とは思えない。それだけのこと」

「なるほど」七瀬はため息とともに頭をかいた。「うわさの千里眼ですか」

「でもないけど。科学的根拠のある方法での観察だし」

「けれども、それをうちの鑑識に証拠として提出することはできんのでしょう?」

美由紀はうなずくしかなかった。「わたしを信用してと言っても、それだけじゃ足りないのよね?」

「そうですな。あなたの評判は聞き及んでいても、物証とはなりえません。千里眼の岬美由紀さんがそう思ったから、というだけでは」

「よくわかってる。それで、これからの捜査はどうするの?」

「いちおう規則どおり、自殺と他殺の両面で捜査を……」

「そんなことより、好摩さんが知ってたと思われるテロの情報は?」

「テロ?」

これだから警察は鈍いといわざるをえない。東京湾観音事件の蒲生警部補も最初のころはぴんとこない顔で見かえすばかりだった。いま七瀬も同様に、ただあいまいな表情を浮かべるだけだ。

デスクに歩み寄りながら、美由紀はさっき目についた書類を指差した。「ＪＡＩの旅客機の細部にわたる図面。ボーイング７４７ＥＲ、ファーストクラスのない座席図面をみても国内便。じつに細かく調べてあるのよ。しかも、機首から数えて三番目のドア、主翼の上にある側面ドア付近の拡大図が集めてある」

「それはいったい……どういうことですか」

じれったく思いながら美由紀が口をひらきかけたときだった。

聞き覚えのある男の落ち着きはらった声が室内に響いた。「重心だよ。爆弾魔が狙いたがる、７４７型機のヘソだ」

美由紀は息を呑《の》んだ。

スマートな身体を上質のスーツに包んだ色白の男、実年齢の三十二よりいくつか若くみえる。

笹島雄介は美由紀を澄ました顔で見つめた。「ひさしぶり」

「あ……」美由紀は絶句した。「どうしてここに……」

七瀬が口をさしはさんだ。「岬さんのおっしゃるように、旅客機の図面や写真をこれだけ集めて、なにを画策していたかを分析することは重要でしてね。自殺の疑いもあることだし、好摩の生前の精神状態を推し量るための専門家を呼んだわけです。笹島先生は精神科医にはめずらしく、飛行機関係もお詳しいので」

「自殺だなんて……」

「あいにく、吉川線があったというだけでは偽装の可能性も捨てきれませんので。好摩の爪に残った血液のDNAを鑑定して、傷のついた時期を調べあげねばなりません。結果がでるまでは、どちらとも断定できませんな」

「そんな悠長な……。旅客機は二日後に落ちるかもしれないのに」

だが七瀬は唸《うな》りながら首を横に振り、懐から紙片をとりだした。「この走り書きは遺書です。ホトケのポケットから見つかったもので、ご覧の通り好摩の遺書とも思われます。こちらの筆跡鑑定も必要でして」

美由紀は紙片を一瞥《いちべつ》した。ご迷惑をあかけしました。勝手ながら……。そこまで読みとれた。

それだけで美由紀は断じた。「もしそれが好摩さんの筆跡なら、自殺じゃないわ」

「またそんなことを……」

「『お』を『あ』と書き間違えるなんて、たとえうつ病状態だったとしてもまず考えにくい。これは心理学でいう意味飽和、つまり心をこめずにただ文面を書いたときに起きやすいミスよ。彼は誰かに書くことを強制されただけ」

七瀬は困惑ぎみに笹島を見やった。

笹島はうなずいた。「彼女のいうとおりだよ。意味飽和の可能性が高い。本人の筆跡だとしても、自殺の根拠とはなりえない」

警察が呼んだ精神科医が美由紀の肩を持ったからだろう、七瀬は面食らったように押し黙った。

美由紀は笹島の顔に目を向けず、自分の使命に集中しようとした。「七瀬さん、その遺書を拝見できますか?」

ところが、七瀬は眉間《みけん》に皺《しわ》を寄せて紙片を懐に戻した。「証拠品ですので」

「旅客機の乗客の命がかかってるのよ」

「捜査はわれわれの仕事です。あなたはホトケの第一発見者にすぎませんから」

焦りと苛立《いらだ》ちが同時に募った。こんなところで時間をつぶしている暇はない。

「失礼します」といって美由紀は戸口に足ばやに向かった。

背後から七瀬の声が響いてくる。のちほどご連絡しますよ、あなたにはまだまだ聞きたいことがあるので……。

だが美由紀は、その言葉を最後まで耳にしなかった。エントランスを出て階段を駆け降りる。太陽はほぼ真上にあった。正午が近づいている。

時間は失われていく。こんなところで無駄に費やしたくない。
以前のように、後悔したくない。

パラシュート

笹島は、外にでていく美由紀を追って駆けだした。僕の気持ちを充分に理解してくれてはいない。まだ話したいことがある。彼女はまだ、笹島は声をかけた。「まってくれ。岬元二尉」

階段を降りていく美由紀の背に、笹島は声をかけた。「まってくれ。岬元二尉」

地上に降り立ったところで足をとめ、美由紀は振りかえった。「もう階級で呼ぶのはやめてくれる？　自衛官じゃないんだし」

反感をあらわにした態度。一年前に再会したときと同じだった。会うたび、彼女の視線は厳しくなる。言葉は棘《とげ》のように胸に突き刺さる。

痛みを感じるのは、僕のほうに罪悪感があるせいだろう。三年前、彼女を除隊に追いやってしまったのは、ある意味で僕の責任だ。そう痛感した。

「わかったよ。岬さん」笹島は穏やかに話しかけた。「いや、美由紀さんと呼んでもいいかな。そのほうが親しみがある」

美由紀は戸惑ったかのように目を逸《そ》らし、歩きだした。「勝手にすれば？」

笹島は美由紀に追いつくと、歩調を合わせた。「機体の重心に狙いを定めるなんて、犯人がいるとすればプロっぽい手口だな」

「あなたの専門はパイロットおよび乗員の心理分析でしょ。テロリストの心理も読めるの？」

「きみだってジャンボ機は専門というわけじゃないだろ。まあ、僕の研究では、パイロットの心理ひとつとっても墜落の危険性は完全に除外できるわけじゃない。空中では錯覚も起きやすいからね。雲海の屋根部分を水平線と見誤った例もある。雲を地面と同様に水平にみなして、それと平行に飛ぼうとしてバランスを崩すこともある。雲のなかでは太陽の光が差しこんでくる方向を真上と感じがちになる」

「まるで実体験したみたいな言い方ね。けど、機体の物理的な安全性についてなんて、精神科医のテキストには書いてないと思うけど」

「飛行機のハードウェアそのものも勉強したって言っただろ。機体に穴が開いても、すぐにコックピットではそれを把握し、操縦士が高度を三千六百メートルまで下げて安全な気圧差にする。エンジンも四つ、油圧系統も複数に分割されていて、方向舵《だ》も昇降舵も二分割されてバックアップがなされている。容易なことじゃ旅客機を墜落させることなんかできない。しかし、重心は重要だ。搭乗手続きをするのも、機体の重心を見極めながら人や貨物を載せるためだからな」

美由紀は醒《さ》めた目を向けてきた。訳知り顔で知識を披露する笹島に、軽蔑《けいべつ》の念を抱いたのかもしれなかった。

「じゃあ聞くけど、どうあっても重心がずれてしまう場合はどうするの？　飛ぶのをやめる？」

「テストかな。重心は絶対に合わせなきゃならない。だからバラストっていう鉛製の錘《おもり》をいれて重心を調整する。なにしろ、乗客ひとりが前のほうから後ろのほうに移動しただけで、重心は一・二ミリ後方にずれるって話だ。デリケートなもんだよ。重心位置が二メートル以上ずれたら危険だからな」

「正確には一・七五メートルだけどね」

笹島は足をとめた。「なあ、美由紀さん」

じれったそうに美由紀は振りかえった。「なに？」

言葉に詰まる。彼女には、どんなに謝罪したところで受けいれてはもらえないだろう。美由紀が、過剰なまでに人を疑うようになったのも、僕のせいに違いない。信頼を得られるとまでは思わないが、少しでも彼女の苦しみを和らげてあげたい。

笹島はつぶやいた。「美由紀さん。僕に腹を立てているのはわかるけど……」

「やめてよ。聞きたくない」

「どうしてだよ。僕は心から謝りたいんだ。きみの観察眼なら、僕の気持ちを察することができるだろ？」

「だからいやなの！」美由紀は顔をあげて笹島を見た。「あなたが反省してるなんて、認めたくない。よけいに辛《つら》くなるじゃない」

「……まだ憎んでいるほうがましってことかい？　僕を悪人だと思っていたいのかい？」

美由紀の大きな瞳《ひとみ》が潤みだしていた。

また顔を伏せて、美由紀はいった。「怒りを鎮めるために、心理面で適応機制が働いて、投射によってすべてをあなたのせいにする。もしあなたの心が読めなかったら、きっとそうしてる……」

「だけど……。いまのきみは、そうじゃないんだろ？」

「できないからよ」美由紀は声を震わせながら訴えてきた。「心の適応が図れない。だから不安定になる」

笹島はつぶやくしかなかった。「そうか……」

岬美由紀がパイロットとして培った動体視力と、心理学の知識の両方を兼ね備えたことで、千里眼呼ばわりされるほど人の感情を見抜けるようになったこと。そのうわさを耳にしたとき、きっと彼女は耐えがたい孤独と不安を背負いこんでしまったに違いない、笹島はそう感じていた。そしていま、それが現実だったとわかった。

人の心を見透かせるほど苦痛なことはない。彼女のその苦しみも、笹島が三年前の査問会議で公表した上官の精神分析結果に端を発している。あのせいで美由紀は臨床心理学を学ばざるをえなかった。しかも結果、彼女のほうが正しかった。それでも上官の復職はかなわず、美由紀は重い十字架を背負うことになってしまった。

「すまない」胸に痛みを覚えながら、笹島はつぶやいた。「きみをこれ以上苦しめたくない……。きょうはもう仕事に戻るといいよ。警察の捜査には、僕が充分に協力するから」

「いいの。わたしは手を引かない」

「どうしてだよ。きみの本業は人助けではあっても、テロの阻止ではないだろ」

「旅客機が墜落する可能性を感じておいて、無視なんかできないわ。何百人もの人の命がかかってる。わたしは誰の命も失わせたくない」

「それは僕も同じだよ。でも捜査権は警察にあるし、指揮権はまずあの警部補にある」

「七瀬さんはいい人かもしれないけど、わたしの感じていることを重視してはくれない。見下そうとしているのがその表れ。顎《あご》を突きだしがちになるのは、それだけ目線を上にして優位を保ちたい気持ちがあるからよ」

「考えごとをするために、心理学でいうコミュニケーション・チャンネルを一時的に絶つためのしぐさとも考えられる」

「教科書どおりの答えね」

美由紀は、まるで違う考えのようだった。観察眼と洞察力では、こちらをはるかに凌駕《りょうが》しているのだろう。美由紀はポケットから折りたたまれた紙片をとりだして開いた。

それは週刊誌に掲載された好摩の取材記事のページを破りとったものだった。

好摩の顔写真を笹島の鼻先に突きつけながら、美由紀はいった。「この顔をしてみて」

「……いま、ここでかい？」

「そう。リエゾン精神科医ならカウンセリングもするんでしょ。表情の読み方を練習するソフト、あなたも使ったことがあるでしょう？　そのときみたいに表情を真似てから、漠然と沸きでてくる感情を感じとるのよ」

通行人の目が気になるな。笹島はためらいながらも、どこか怯《おび》えたように目を丸くした好摩の顔を模倣した。

美由紀はきいた。「どんな感情だと思う？」

「さあ……。興奮ぎみで、なにかに漠然と怯えているような感じかな……。それぐらいしか……」

沈黙のなかで、美由紀はため息を漏らした。

「それが」美由紀は落胆とともにつぶやいた。「あなたと、わたしの違いなの」

美由紀が告げようとしたことを、笹島はおおむね理解できた。

じっくり観察することが本分のカウンセラーは、時間をかけて表情を分析することに慣れている。しかし美由紀は、観察した瞬間、当人のなかに感情がこみあげるのとほぼ同じ速度で、同じ気持ちを共有できるのだ。

感情は瞬時に起きて瞬時に消える。それゆえに、本当に相手の感情を知ることができるのは、彼女しかいない。誰も、美由紀と同じようには感じることはできない。

美由紀は背を向けて、その場を立ち去りかけた。

「待ってよ、美由紀さん」笹島はいった。「ひとつだけ聞いてほしいんだ」

無言のまま、美由紀は立ちどまった。

美由紀の背に、笹島は告げた。「僕が機体のことを勉強したのも、心理的にみれば適応機制さ……。旅客機がどうなっていれば両親が助かったのか、ずっとそればかり研究してた」

おそらく彼女も、僕の両親の事故についてはもう、知りおおせているのだろう。

背を向ける美由紀の肩は、かすかに震えていた。

笹島が高校一年のころ、彼の両親と三人でヨーロッパ旅行に行くはずが、ひとり風邪をこじらせ日本を離れられなかった。だがその数日後、両親が乗ったマドリード発パリ行きの旅客機は墜落した。山腹に激突した機体は大破、乗客はひとりも助からなかった。回収されたブラックボックスから、機長の精神面に問題があったという結論が下った。その報道は笹島にとって衝撃的だった。

あんな惨劇が起きる航空業界であってはならないはずだ。それがこの道に足を踏みいれたきっかけだった。人々が同じ悲しみに直面する事態を、抑制し、やがて根絶せねばならない。

「よく夢想したよ」笹島はつぶやいた。「旅客機っていうものは、どうして乗客のシートに脱出装置をつけてくれないんだろうってね。シートごと射出してパラシュートで降下する、本気でそんな機体が発明できないかと考えあぐねた。いろいろ文献も調べたよ。でも、戦闘機乗りだったきみなら知ってるとおり、無理だった。訓練も受けていない人間は、たとえ自動的に射出されても、その後どうすべきかわからない。ささいなトラブルにも対処できないし、風圧のなかでどんな姿勢をとるかも、着地の瞬間にどう身構えるかも知らない。結局、助かる可能性はほとんどない……」

「二百時間以上の訓練が必要でしょうね……。それに、ジャンボジェット旅客機の降下速度を考えると、パラシュートが開かないこともあるし……」

「飛行機について、いろんなことを知ったよ。いまさら両親が生き返るわけでもないのに、それでも勉強した。……ひょっとしたら、いまその知識が役に立つかもしれない。僕を信じてくれないか？」

美由紀も両親を失い、孤独な者どうしだ。ただ、関係はフェアではない。僕は彼女を傷つけてしまっている。できることなら、彼女の傷を癒《い》やしたい。そして、僕の気持ちを、彼女に受けいれてもらいたい。

美由紀はこわばった顔で振り向いた。その瞳には涙が溢《あふ》れそうになっていた。

目を合わせてこちらの感情を読むことは、彼女にとって勇気がいることらしい。

しばらく、困惑したように伏せがちだった美由紀の目が、意を決したようすでまっすぐに笹島の顔をとらえた。

的確に心を読んだのだろう。美由紀は泣きそうな声でささやいた。「あなたのせいじゃない……。あなたは、わたしを陥れようとしたわけじゃなかった。除隊したことも、板村三佐を巻きこんでしまったことも、ぜんぶわたしのせいなの。すべての責任はわたしにあった。あなたのせいにしようとしてたわたしが間違ってた……」

「それはちがうよ」笹島が静かにいった。「人間の心理として当然のことなんだ。でもきみは、僕の真意を見抜いてくれただろう？　僕もきみを理解したい。きみも手を引くつもりがないのなら……。逆に協力しあおう。僕はきみほどの観察眼も働かないし、飛行機についてもきみのほうがプロだが……。警察をだまらせておくことはできるよ。ほかにも、役に立てることがあるかもしれない」

また美由紀の視線が笹島に向いた。涙を溜《た》めた瞳《ひとみ》は穏やかな湖面のようにきらめいていた。

「ええ」美由紀はうなずいた。

笹島は安堵《あんど》のため息を漏らした。「よかった……」

まだわだかまりは失《う》せていなくても、わかりあっていける一歩が踏みだせた。笹島はそう実感した。

僕は、きみを救いたい。心から愛しているからだ。

この感情を読みとってほしい。笹島は念じるようにそう願った。

ところが美由紀は、涙を指先で拭《ふ》きとると、いつものようにどこか冷ややかな態度に戻った。

行きましょ、そういって美由紀は歩きだす。

思わずぽかんとして、笹島は立ちつくした。

これからがいい雰囲気だったのに。もちろんタイムリミットを考えれば、ぐずぐずしている場合ではないのだが、それにしてもまるでスイッチを切ったかのように、この想いだけが伝わらないなんて。

うまくいかないもんだな。笹島は首をひねりながら、美由紀の後を追った。

歌舞伎町

昼下がりの新宿歌舞伎町、区役所通りに美由紀はメルセデスを乗りいれた。路上駐車やタクシーの列のわずかな隙間を縫って前進する。そのあいだも目を左右に走らせ、通行人の動きに気を配った。路上周辺のすべての動きを把握していれば、減速せずとも安全は保てる。美由紀の特技のひとつだった。

笹島が助手席でいった。「ずいぶん飛ばすね。F15に乗ってた身からすれば、これでもノロノロ運転ってことかい?」

「空と地上じゃ状況もちがうわよ。けど、これでもまだずいぶん抑えているほうなの」

「おっかないね。……いまは誰かと付きあってるのかい?」

「なんでそんなことくの」

「いや。この運転に同乗する男がいるなら、どんなタイプだろうかなと思ってね」

「おしゃべりに集中力をまわしている暇はないの。旅客機の墜落が二日後といっても、朝の便だったりしたらもう四十八時間は確実に切ってる」

「なのに、どうして僕たちは歌舞伎町に向かってるんだ」

「好摩さんが最近、手をつけていた取材は中華料理店の泥棒被害なの」

「ずいぶんしょぼいな。そんなところから調べるしかないのか？」

「ええ。彼が旅客機について取材したって話はどこにもない。それなら、無関係そうでも記録に残っている仕事について調べるしかない。とっても細い線だけどね」

ステアリングをぐいとまわしてコマ劇場の裏につづく路地に入った。業者のトラックの脇にぎりぎり通れる幅がある。それを見切った瞬間、アクセルとともに突進してすり抜けた。

ひやりとしたようすの笹島が苦言を呈しかけた。「クルマの陰から人が飛びだす可能性も……」

「地上の影と周囲の窓ガラスに映る状況も見てる。少しでも死角を感じれば減速するけど、いまのところはないわね」

「このところ欧米じゃ飛行機恐怖症が増えてるってきくが、この調子じゃ僕は明日にでもクルマ恐怖症だ」

「飛行機恐怖症が増加してるの？　いまごろテロの影響？」

「そうなんだ。同時多発テロから時が経つにつれて、そのときの機内のようすが公開されることが増えた。その報道の影響もあるんだろう」

「過去にも旅客機の爆破や墜落から五年や十年も経つと、生存者の証言や無線通信の内容は報じられてきたはずだけど。それで飛行機恐怖症が増えたって話はきかないわ」

「昔の事故や事件との違いは、テロリストが旅客機を乗っ取ってから、長い時間をかけて悲劇の運命に至ったというその経緯にある。一瞬の惨劇ではなく、永遠とも思える恐怖があり、絶望の度合いが高まっていく。それは突然の墜落よりも、一般の人々に想像しやすく、かつ生々しく思えるんだ。アメリカ精神医学会はまだ正式な名をつけていないが、僕はなんらかの事態に巻きこまれた人の恐怖を感じる時間が長ければ長いほど、世間に与える恐怖症の度合いは増すと考えてる」

「アメリカに先んじて研究発表したいわけ？　でも、DSMが改訂されたらまた、そっちの内容のほうが優先されるんでしょ」

「いや。僕はもう権力にはなびかない。自分で正しいと思った道を研究していくだけだよ」

美由紀は笹島の顔を見ようとした。どういうつもりでその言葉を口にしたか知りたかったからだ。だが、ちょうどパーキングに乗りいれる瞬間だったため、表情の観察に至らなかった。

　クルマを停めてから笹島に目を向けた。

　笹島は穏やかな表情ながらも、決意のこもった目で美由紀を見つめた。「二度と学会の理論に振りまわされたりしないよ」

「……そう。その考えが貫けることを祈ってるわ」

　クルマを降りながら、美由紀はほのかな温かさを胸に抱いていた。笹島が真意を告げているのはあきらかだった。嘘をつくときに生じる、うしろめたさを伴う悪意の感情は一片たりとも感じられない。彼はたしかに、正しくあろうとする決意だけを抱いている。

　少しぐらいなら信用してもいいだろうか。クルマから降り立つ笹島の横顔を眺めながら、美由紀は思った。

　しかし、どうにもわからないことがある。彼の揺らぐことのない決意は、なにに支えられたものだろう。そのあたりの感情がいまひとつ読みとれない。悪意や奸智《かんち》、敵愾心《てきがいしん》ではないことはあきらかなのだが。

　そのとき、携帯が鳴った。美由紀が携帯の液晶板を見ると、友人の由愛香の名があった。

「はい」と美由紀は歩きながら電話にでた。

「美由紀？」由愛香のうんざりしたような声がした。「どこにいるの。きょうヒルズで食事することになってたじゃない」

「ああ……そうだった。ごめん」

「しっかりしてよ」と、由愛香は声をひそめた。「彼も来てるのに」

「そっか……。けど、ちょっといまから行くのは無理っぽいの」

「無理ってどういうこと？　大事なときなのに……」

「まってよ。わたしに期待してくれるのは嬉《うれ》しいけど、由愛香の彼の気持ちはたぶん、わたしにもわからないと思うの」

「どうしてよ、千里眼。いつもわたしが背中のどのあたりを痒《かゆ》がってるかさえ言い当てるのに、なんで彼の気持ちはわからないっての」

「だからさ、それは……」

笹島が近づいてきた。「どうかしたの？」

じれったさを覚えながら、美由紀は笹島にいった。「友達なんだけどね。彼氏に好かれてるかどうか、正確なところをわたしに見抜いてもらいたがってるの」

「きみにわからないのかい？」

「男性が女性を好きになる心理は、自分のこととして体験してないの。だから実感できない」

「だけど、長いこと男と付きあっていれば、わかってくることもあるだろ？」

「それは……そのう」

「ああ、そうか。恋愛の経験もほとんどなくて、いまもたぶん付きあっている人がいない、そういうことだな」

「……だったらなによ」美由紀は、笹島が口もとを歪《ゆが》めたのが気にいらなかった。

「なんで笑ってるの？」

「いや、失礼。きみがまだひとりでいるってのが嬉しくて」

「なにそれ。そんなことより……」

「そうだな。彼女にいってくれないか。携帯のカメラで彼氏の顔を撮って、メールで送ってくれって」

「写真を撮るの？」

「そうだよ。きみみたいに瞬時の観察とはいかなくても、静止画なら僕もじっくり観察して感情を読むことができる。僕なら男の恋愛感情もわかるしね」

困惑を覚えたが、議論などしているときではない。美由紀は携帯電話にいった。「由愛香。悪いんだけど、彼の顔写して送ってよ」

「はあ？　それでわたしを好きか嫌いかわかるの？」

「できるだけ、すなおにあなたを見つめている写真にして。事前に構えさせずに、不意打ちを食らわせて撮るのよ」

「不意打ちって、美由紀。そんなの、彼怒っちゃうじゃない」

「かっこよかったから思わず撮っちゃったとか、なんとかごまかしてよ。じゃ、待ってるから」美由紀はそういうと、返事もきかずに電話を切った。

ふむ、と笹島は澄ました顔でいった。「初めて役に立てそうかな」

「由愛香のね。わたしじゃないわ」

歩きだしながら、美由紀は奇妙な感覚を覚えた。わたしはどうしてこんなに、笹島に苛《いら》立《だ》つのだろう。過去の恨みのせいではない。なぜそわそわしてしまうのだろう。

昭和四十三年

その中華料理店は、歌舞伎町の一丁目と二丁目の境にあった。雑居ビルにはさまれた、こぢんまりとした店だ。高級感はなく、完全に大衆向けだった。

美由紀は自動ドアを入った。中華料理といっても、ほとんどラーメン店に近い。カウンターとテーブルにひとりずつ客がいるだけだった。昼どきにしては寂しいが、店内はわりと清潔な印象がある。

店は女主人がひとりで切り盛りしているように見えた。女主人は中国人で、日本語はほとんど話せなかったが、美由紀は彼女の言葉に合わせて中山方言の広東語できいた。フリーライターの好摩さんが、ここで起きた事件について取材してたはずですけど……。

女主人はカウンターのなかで皿を拭《ふ》きながら、ぶっきらぼうに応じた。しょっちゅうレジの金銭を盗んでいく泥棒の被害に遭っていたが、盗まれた金は数日経つと、なぜかレジにこっそりと戻されている。そういうことがたびたび起きたらしい。

好摩は二か月ほど前、暇な休み時間にぶらりとやってきて、この辺りの泥棒被害につい
て取材しているといった。女主人は、警察に届けたいが日本語がわからないし、少額だか
ら受けつけてもらえないかもしれない、好摩にそういった。
けれども好摩は、通報はよしたほうがいいと逆に諭してきた。お金が戻っていたのなら
被害とはみなされないだろうし、日本の警察は中国人に不親切だから協力してくれないだ
ろう、そう告げたという。
この件は匿名で記事にしたいと好摩は言い、五万円の謝礼を置いていった。女主人はそ
れを受け取り、記事の件についても了承したらしい。彼と会ったのは、それきりのようだ。
笹島が口をはさんだ。「いちどにつき、いくらぐらい盗まれたんですか？」
美由紀が通訳すると、女主人は答えた。「多いときは七百円ぐらい。少ないときには、
七十円とか」
妙に思って美由紀はきいた。「そんなに少額のお金が消えていることが、よくわかりま
したね？　これからも心配ですね」
「今後はだいじょうぶ。レジのなかの金額も、貨幣それ自体もしっかり管理してるから」
「というと？」
「ほら、これ」女主人はノートを見せてきた。「ここに紙幣の番号とか、ぜんぶ書いてあ

る。硬貨の場合は年号」

ノートにはびっしりと鉛筆で、紙幣と硬貨の種類と番号または年号、枚数が一覧表になって日ごとに書きこまれていた。

よほど盗まれたくないと思っているのだろう。しかし、なぜかノートの表記はすべて日本語だった。

「これは誰が書いたんですか」と美由紀はきいた。

「吉野律子《よしのりつこ》」女主人は答えた。「ここで働いてもらってるバイト。日本人の、二十歳の娘《こ》」

「従業員を雇っているんですか」

「ふたりほどね。律子はよく働いてくれてる。植物管理センターのバイトと掛け持ちだけど、こっちを優先してくれるし」

「植物管理センターって、渋谷にある大きなビニールハウスみたいなところですね？　花や樹木を鉢植えにして売る前に、育てるための……」

「そう。植物の卸みたいなところ。律子、きょうは二時からそこでバイトよ」

ならば、行くべきはそこしかない。美由紀は直感し、すぐに踵《きびす》をかえした。「どうもお邪魔しました」

足ばやに店をでると、笹島が追いかけてきて横に並んだ。

「どういうことだ」笹島がきいてきた。

「怪しいのは律子ってバイトかい?」

「まず間違いないわ。あの女主人は嘘をついてないし」

「でも、どうしてバイトの子が金銭泥棒だと……」

「記載がでたらめだから。昭和四十三年の一円玉ってのが何度も記入してあるけど、その年に作られた一円玉は実在しないの」

「へえ……。きみには感心しきりだな」

「警察に届け出をしない程度の小さな金銭被害があった店に、好摩が現れて取材し、五万円も置いていった。タイミングよすぎる話じゃない?」

「律子と好摩のあいだに、なんらかのつながりがあるってことか。あいかわらず細い線だけど……」

「手がかりには違いないわ」

迷っている暇はない。美由紀の歩は速まった。きょうという日の残り時間は、どんどん失われる。当日になって旅客機の落ちる場所が遠方だった場合、もう打つ手がなくなってしまう。列島の隅々まで移動できる余裕を残して、情報をつかまねばならない。

爪

植物管理センターは、渋谷区のはずれ、環状七号線に面した場所に入り口がある。高い塀に囲まれた広大な敷地のなかには、巨大なビニールハウスの屋根がいくつも連なって見えていた。

美由紀は笹島とともにその入り口に近づき、警備員に声をかけた。「こんにちは。バイトで働いている吉野律子さんにお会いしたいんですけど」

「吉野って……ああ、あの眼鏡をかけた子か。まだ来てないよ。そろそろだとは思うけど」

「ご存じなんですか？」

「出勤が多いからよく見かけるんでね。あんな熱心なバイトの子は少ないよ」警備員は美由紀の肩ごしに遠くを眺めていった。「あ、あのバスに乗ってるの、そうじゃないか？　一番後ろの席。ちょうど来たところみたいだ」

入り口のすぐ前にあるバス停に、一台の路線バスが滑りこんできた。

窓ごしに、ショートヘアに緑のジャケット姿の痩《や》せた女がみえる。どことなく内気そうにみえた。最後尾に座っているのは、その女しかいない。

笹島が美由紀にささやいてきた。「あれが吉野律子か。たしかにどこか変わってるな。五人ほど座れる最後列の椅子の、右端に座ってる」

「端に寄って座るのは当然でしょ。心理学的にも自分のパーソナルスペースを広くとろうとするために、たいていの人が端に座りたがることは実証されてる」

「でも左端じゃなく右端だよ？　ふつうなら左に寄ることが多い。心臓がある左側をかばうためとか、いろいろ理由はいわれてるが、世に左側恐怖症なんてものがあるぐらいだから、わざわざ右に座るというのは少なくとも弱腰な人間じゃないのかも」

「まあ、そういえなくもないけどね……。隠しごとをしている人間の素行としては、ちょっと例外的かもね」

「見かけによらず大胆な性格とか」

「あるいはレジのお金を盗んだぐらいで、それ以上のことはなにも知らないのかも……」

「きみともあろうものが、ずいぶん弱気だね」

「そうね」と美由紀は苦笑した。「いまのわたしなら間違いなく左端に座るわね」

律子は立ちあがって通路を進み、外に降りてきた。

入り口に向かって歩いてきた律子に、美由紀は声をかけた。「すみません。岬美由紀といいます。あなた、吉野律子さんね？」

「……はい？」と律子は戸惑いがちに応じた。

表情にできるだけはっきりと感情を浮かびあがらせるためにも、唐突かつ核心を突いた質問をしたほうがいい。美由紀はきいた。「中華料理店のレジのお金、あなたが盗んだ？」

「な……」律子は大きく目を見開いて絶句した。「……なんのこと？」

「好摩さんって人の知り合い？」

律子の頰筋《きょうきん》が左右のバランスを欠き、右のみがわずかにひきつったことを、美由紀は見逃さなかった。嫌悪もしくは不快感が瞬時に生じた。好摩の名に聞き覚えがあって、しかも快く思っていない。

「ねえ、律子さん。わたしたちは、あなたの力になることが……」

しかし律子は、失礼しますといい残し、美由紀の脇をすり抜けて植物管理センターの入り口へと小走りに向かっていった。

「まって」美由紀は声をかけた。

それでも律子は立ちどまることなく、門のなかに逃げこんでいった。彼女の反応を見ていた警備員が、こちらに警戒のいろのこもった目を向ける。

美由紀は困惑を深めた。どうやらあの警備員にも、これ以上の協力を求めることは難しそうだ。

笹島が美由紀にいった。「弱ったな。今度はどうする?」

思考をめぐらせていると、携帯電話が短く鳴った。メールの着信のようだ。

液晶板を見てみると、由愛香からのメールだった。写真が添付されている。

表示してみると、口を大きく開け、顔を大仰なほどに歪《ゆが》めた男の顔が映っている。

まるでにらめっこのようだ。美由紀はこんな状況だというのにプッと噴きだしてしまった。

「どうしたんだ」と笹島は美由紀の携帯を覗《のぞ》きこみ、たちまち眉間《みけん》に皺《しわ》を寄せた。「こりゃひどいな」

「元はかっこいい人だと思うけどね。どうしてこんな顔してるんだろ。どんな心理かわかる?」

「さっぱりだ。少なくとも恋人にみせる顔じゃないな」

「じゃあ恋心は皆無ってことかな」

「わからんよ。おかしな顔をして笑わせようとしてるのかも。とにかく、ふつうの心理状態じゃこんな顔にはならない。きみはどう思う？」

「さっぱりわからない」美由紀は携帯電話をしまいこんだ。「そんなことより、なんとかして律子さんに会わないと」

「それならいい考えがある」と笹島は歩道の先を指さした。「隣のデニーズで待ってよう」

「デニーズ？」美由紀は笹島がしめす方向を見やった。たしかに敷地のすぐ隣にファミリーレストランの看板がでている。「どうして？」

「あの子はさぼり癖がついていると思う。ここの従業員が時間つぶしをするとしたら、あそこしかなさそうだ」

「でも警備員さんも中華料理店の女主人さんも、熱心な子だっていってるけど」

「きみは律子って子の指先を見たか？　爪の先がまるで汚れてない。僕もガーデニングはするけど、連日のように土いじりしてりゃ、爪の下に土が溜《た》まるはずだ。こいつがなかなか落ちないんだよ」

「……だから仕事を怠けてるって？」

「そうとも。間違いない。デニーズに行こう。それが一番近道だ」

美由紀は首をかしげたくなった。たしかに、律子の指先はきれいだった。意識せずとも、美由紀は目にとまる範囲のものはすべて観察し、記憶にとどめていた。

ただし、律子がバスから降りるときの几帳面《きちょうめん》なしぐさを見ても、声をかけられたときのまじめな顔を考慮しても、仕事熱心という評判を裏づけこそすれ、さぼりがちという結論など導きだせない。

笹島はにっこりと笑った。「どうだい、鋭い観察だろ？　きみが昭和四十三年の一円玉ってのを一瞬にして疑ったように、僕も精神医学以外の面で鋭いところを見せたかったんだ」

あきれた。美由紀はため息とともにいった。「わたしと張りあうために彼女の顔以外のところを観察したっていうの？」

「ここでの仕事といえば土いじりが主体だからね。まずは指先を見るべきと心にきめてた」

「ふうん……それで、表情のほうはどう思う？」

「え……表情って？」

「大事なのはまず彼女の顔に表れる感情でしょ。あなたはどう思ったの」

「表情……か。それが……指先に気をとられてたんで……。きみほどの動体視力なら、どっちも見ることができるんだろうけど」

「なら、今度からは顔の観察を優先して」

「そうか。まあ、そうするかな」笹島は頭をかいた。「でも僕は自分の勘を信じるよ。彼女はデニーズに来る」

「勝手にすれば？ わたしは彼女がなかでちゃんと働いているほうに賭《か》ける」

「いいとも」かすかにむっとしたようすの笹島が、肩をすくめた。「ファミレスで待ってるよ。なるべく早く来るといい。無駄にできる時間はないんだからね」

美由紀は黙って、笹島が背を向けて歩き去っていくのを眺めた。

案外、子供じみたところがある人だ。どうあってもわたしを感心させたかったのだろうか。やはり男の心というのはわかりにくい。

携帯が鳴った。今度は電話の着信のようだった。液晶板にはやはり、由愛香の名がある。

美由紀は電話にでた。「もしもし」

「どうだった？」と由愛香の声がきいてきた。

「どうって……。あれじゃなにもわからないわよ」

「なによ。千里眼なのに」

「千里眼どころか、なぜあんな表情をしているのかさえわからないの。いったいどんなときに撮ったの？」

「……やっぱ、くしゃみした瞬間じゃダメ？」

「くしゃみ?」美由紀は頭がくらくらする気がした。「道理でわからなかったわけね」

「顔が写ってれば、なんでもいいのかと……」

「そんなわけないでしょ。ちゃんと澄ましてる顔にして」

「わかった。すぐ送るから、すぐ返事して」由愛香の声がそう告げて、電話は切れた。

この忙しいときに、いっそう頭を混乱させる事態だ。美由紀は携帯をしまいながら思った。

いまは平和には違いない。だが、嵐の前の静けさなのだ。本物の千里眼なら心どころか、未来も読めるだろう。わたしにはどちらもできない。わたしに可能なのは努力すること、最後まであきらめないこと。それだけでしかない。ごくふつうの人間だ。そんな人間に、奇跡は起こせるだろうか。

栽培

吉野律子は、植物管理センターのA7棟で仕事をしていた。このビニールハウスのなかはアフリカの亜熱帯地方、および温帯地方の植物が集められている。そのせいで気温も高く保たれていた。上着を脱いでタンクトップ姿で立ち働いていても、額から汗がしたたり落ちてくる。

人工畑の樹木の高さを巻尺で計っては、クリップボードの書類に記入する。仕事そのものは難しくないが、ひとりでこなすのは骨が折れる。この部署に配属されているのは律子だけだった。増員は当面のあいだ、ありえないと正社員がいっていた。

もっとも、わたしはそれゆえに成立するサイドビジネスを抱えている。いや、そちらのほうがメインビジネスなのだろう。多大な収入は、そこから得ているのだから。

いつまで続くのだろう。律子は不安になった。すぐにでもやめたい、そう思いながら数週間が過ぎている。通報しようとたびたび携帯に手が伸びる。

それでもやめることはできなかった。断ったりしたら、どんな報復がなされるかわからない。

と、足音がきこえた。がやがやという男の声が聞こえる。

またあいつらか。律子はため息をついた。いちど味をしめたら、何度もやってくるようになった。いい迷惑だ。

「律子」ろれつの回らない舌で、若い男が告げた。「りっちゃん。遊びにきたよ」

振りかえると、前よりも連れが増えていた。きょうは四人だ。リーダー格のキヨシという男と同様、池袋のチーム崩れの不良といういでたちをしている。いや、もっと悪い。シンナー遊びの常習なのだろう、とろんとした目に涎《よだれ》をしたたらせていた。まともな神経とは思えない。

新たに加わった仲間はずいぶん図体《ずうたい》のでかい男だった。プロレスラーのように厚い胸板、たくましい二の腕が黒いシャツから浮きあがってみえる。

配送を受け持つC棟は、人手不足がわざわいしてこんな危なげな連中までも大勢雇い入れている。たいてい日雇いの労働者だが、キヨシのように連日勤める常連も多い。過酷な労働に見合わない低賃金のせいで、きちんと働ける人間は寄りつかない職場になってしまった。労働時間内にもかかわらず持ち場を離れて、敷地をうろつく輩《やから》も少なからずいるのだが、監視側の正社員の数も極端に少なくて目が届かないらしい。

キヨシは、身につけた銀製のアクセサリーでじゃらじゃらと音をたてながら歩み寄ってきた。「仲間、連れてきたからさ。きょうも例のモン、分けてくれよな」

「……もうないよ」と律子は答えた。

「あ？　馬鹿いうなよ。山ほどあっただろうが」

「ほんとだって。やばくなって撤去しちゃったから、一本も残ってないの」

律子を見つめるキヨシの目が、怪しく光った。半笑いで仲間を見やる。

三人の仲間たちは、ふいにパソコンの載せてあったキャビネットをひっくりかえした。機材がけたたましい音をたてて散乱する。さらに、畑の樹木を引きちぎったり、枝を折ったりしはじめた。

「やめてよ！」律子はキヨシに駆け寄った。

ところが、キヨシの右手が律子の喉《のど》もとをつかみ、絞めあげてきた。

激しい痛みと、呼吸のできない苦しみ。律子はむせながら暴れたが、キヨシはその脆弱《ぜいじゃく》そうな見た目にもかかわらず、万力のような握力を発揮していた。

「ふざけんなよ」キヨシは低い声でいった。「さっさと出せ。待ちきれねえんだ」

「無理……だってば」律子はかろうじて、かすれた声を絞りだした。「あれは、売り物だし……あまり数が減ったら、怒られちゃうし……」

「しったことかよ。出せ」キョシは仲間たちを振りかえった。「おめえら、捜せ」

好き勝手に暴れるキョシの仲間たちを見て、律子は制止に駆け寄ろうとした。が、不可能だった。キョシの手はなおも律子の首を絞めあげている。

息ができない。意識も朦朧《もうろう》としてきた。

どうしてこんなことになったの。ずっと状況が改善されずに、悪い方向にばかり傾いていく。わたしがいけなかったのか……。きちんと生きてこなかったから。優柔不断に、気ままに暮らしてばかりいたから……。

と、その瞬間、弾《はじ》けるような音が耳をつんざいた。

キョシの仲間のひとりが放物線を描いて飛び、畑の樹木をなぎ倒しながら転がった。ふざけてダイブしたのかと思ったが、違ったようだ。その男は大の字になって横たわったま ま、失神したのかぴくりとも動かない。

律子の首からキョシの手が離れた。律子は両膝《ひざ》をついて、呼吸しようとあえいだ。

顔をあげると、キョシと残るふたりの仲間たちが、凍りついたように戸口を見つめて立ちつくしていた。

彼らの視線の先に、ひとりの女が悠然とたたずんでいる。畑に伸びている男を吹き飛ばしたのは、彼女らしい。

律子は衝撃を受けた。見覚えがある。さっき正面入り口で声をかけてきた女だ。たしか名前は、岬美由紀といった。

美由紀は不敵な態度でいった。「渋谷にまだこういうのがいたの？　ここで栽培されてる天然記念物って、木や草だけじゃなかったのね」

美由紀は三人の不良をひとりずつ眺めた。どの顔も目が異常なほど血走っている。薬物作用かと美由紀は思った。三人はシンナーを摂取しているのだろうが、リーダー的立場にあるらしい痩《や》せた男は、おそらくもっと強烈な陶酔作用にさらされているようだ。

巨漢の男がリーダーにたずねた。「キヨシ、どうする？」

キヨシは吐き捨てるようにいった。「遊んでやれ」

すでに倒した男も含めた四人のなかでは、最も腕っぷしの強そうな巨漢が美由紀めがけて突進してきた。

しかし美由紀は素早く体《たい》を入れ替え、後ろ足を跳ねあげて身体を海老《えび》のように反らし、男の顔面に後蹴腿《こうしゅうたい》のキックを浴びせた。男は空中で半回転して、背中から地面に叩《たた》きつけられた。

もうひとりが鎖を振りまわしながら襲いかかってきたが、美由紀は身体をひねりながら旋風脚で男の手首をしたたかに打ち、鎖が宙に舞った瞬間、そのがらあきの手を握って相手を引き寄せ、横っ腹に手刀を浴びせた。

その男が床に崩れ落ちるころには、美由紀はひとり残ったキヨシに向き直っていた。キヨシは怯《おび》えきった表情でたたずんでいたが、やがて虚勢がみえみえの態度で近づいてきた。

「おまえ。俺がこいつらと一緒だと思……」

最後まで聞いている暇はなかった。美由紀は素早くキヨシの腕をつかんで捻《ひね》りあげた。

「痛い」キヨシは情けない声をあげてのたうちまわった。「痛い痛い痛い……」

「あなたたち、誰?」美由紀はきいた。「好摩って人にお金でも貰《もら》ったの?」

ところがそのとき、律子がいった。「ちがうの……。その人たちは好摩さんとは関係ない。そのう。わたしがいけないの……」

妙に思った美由紀が手の力を緩めると、キヨシは地面を這《は》うようにして逃れた。

起きあがった巨漢が、ふらつきながら畑のなかの男を助け起こす。美由紀がにらみつけると、四人はすくみあがったように静止した。

美由紀は告げた。「さっさと消えて」

キヨシとその仲間たちは、足をもつれさせ、顎《あご》を突きだしながら戸口へと駆けていった。

と、ちょうど笹島が駆けこんできたところだった。笹島はぶつかりそうになり、あわてたようすで脇にどいた。四人が逃げ去っていくのを笹島は呆然《ぼうぜん》と見送り、それから美由紀に目を向けた。

「捕まえたほうがよかったかい？」笹島はきょとんとした顔でたずねてきた。

事情を把握できていないのはその表情を見ればわかる。美由紀はいった。「別にいいわ。っていうか、まだデニーズにいるんだとばかり思ってたけど」

「ぜんぜん律子さんが現れないんでね。ひょっとして臆測《おくそく》が違ってたんじゃないかと思って、しのびこんできた」

律子が呆然としてたずねた。「わたし？　デニーズに行くなんて約束したっけ」

「気にしないで」美由紀は散らばったパソコンの機材を拾いはじめた。プリンターの蓋《ふた》が開いて、インクカートリッジがばら撒《ま》かれてしまっている。

「あ、わたしがやるから」律子が走ってきて、美由紀の近くにしゃがんだ。「その……助けてくれてありがとう。警察の人？」

「いいえ。でも安心して。味方だから」

「こんなに広い敷地なのに、どうしてここが……」

「通路のあちこちで鉢植えが倒れてたの。傍若無人な振る舞いの人たちが、それらをなぎ倒しながら歩いたってことね。そして、鉢が長いこと横になってたのなら、植えてある茎は光に向かってまっすぐ伸びようとして直角に折れる。寝ている茎ほど倒れてからの時間が短いってこと。つまり、通っていったルートがわかるのよ」

笹島はまだ腑《ふ》に落ちないようすで、ぶつぶつ言いながら樹木の位置を正していた。「ちゃんと働いているのなら、どうして爪のなかがあんなに綺麗《きれい》だったんだろ」

美由紀は思わず苦笑して、笹島に告げた。「前もって石鹼《せっけん》をひっかいて、爪のなかを石鹼の破片で満たしておくの。そうすれば土は入らないし、洗ったらすぐに流せる。イギリスみたいなガーデニングの国じゃ常識。そうでしょ、律子さん」

「ええ」と律子がうなずいた。

面食らったようすの笹島が裏がえった声で叫んだ。「なんだよ。わかってたなら、教えてくれればいいのに」

「聞く耳持った?」美由紀はインクカートリッジを載せたトレーを手に立ちあがった。「ねえ、律子さん。さっきの人たちが襲撃してきたのはあなたのせいって、どういうこと?」

律子はためらいがちに口を開いた。「わたしね、十五のときに家出して、田舎からでてきて……。十八歳になる前はずっと年を偽って都内で生活してたの。いろんなバイトして、なんとか食いつないで……。けど、ずいぶん前から、悪い癖が抜けなくて……」

「レジのお金のことね」

「うん……。初めはここまでのバス代をちょっと借りるだけのつもりだったんだけど……。だんだん食費とか、ちょっとした買い物代とか、レジから持ちだすようになっちゃって……」

「好摩が現れたのは、それからしばらくしてからのことね？」

「なぜかレジ泥棒の話を知ってて……わたしだってことも気づいてたみたい。しかも、ここで働いていることまで知ってた。あの人、ばらされたくなかったら、言うことを聞けって……。ここでしかできないことだから、わたしに頼むんだって言ってた」

「なにを頼まれたの？」

また律子はわずかに抵抗の素振りをしめし、黙りこくった。

「安心して」と美由紀はいった。「ニュースまだ観てないの？　好摩は自殺したのよ」

「自殺？」と律子は驚きの声をあげた。

「ええ」

「そう……。こんなこと言っちゃいけないかもしれないけど……よかった」

しばらく沈黙があった。律子は意を決したようすで立ちあがり、畑の隅に歩いていった。

青いビニールシートに囲まれた一角がある。律子はシートを引っ張って取り除いた。

その向こうに現れたのは、深紅色の花を咲かせた、どこかエキゾチックな雰囲気を漂わせる植物の一群だった。

笹島が目を丸くした。「そいつは……？」

美由紀はすぐに気づいた。「ケシね。それもコーカサス・シベリア産のハカマオニゲシ。栽培が禁止されてる、麻薬の原料になる植物」

「そうなの」律子が憂鬱《ゆううつ》そうにつぶやいた。「好摩って人が持ちこんできたものを、ここで栽培させられたの」

「これだけの量があれば、かなりの阿片《あへん》が精製できるでしょうね。そこからヘロインが作れる。近ごろ海外ではケシ畑が宇宙から発見されることが増えて、摘発が進んでる。輸入も減って高価になってるから、国内で栽培すれば利益を独占できる」

おそらく好摩は、この施設にまず目をつけ、そこで働いているアルバイトのなかから利用できそうな人材を見つけだしたのだろう。それが律子だった。

こっそりと律子を尾《つ》けて監視し、中華料理店でレジの金を盗んでいるのを見た。取材の名目で店を訪ね、律子を精神的に追い詰める一方で、口止め料の代わりとしてケシ栽培を強要した。

笹島が腕組みをした。「警察にいうべきだろうな」

美由紀は律子に目を向けた。律子は目を閉じてうつむいていた。

「いえ」美由紀はいった。「警察が動くのを待ってはいられない。通報はもう少し先送りにするわ。律子さんは脅迫を受けていて、やむをえずケシを栽培しただけ。そのことを立証するためにも、売買ルートを洗いださないと」

律子が驚いた目で美由紀を見つめた。「わたしのために……?」

「いったでしょ。わたしたちは味方よ」と美由紀は律子に微笑みかけた。

「しかしなあ」笹島が頭をかいた。「旅客機とこれがどう結びつく?」

「まだわからないけど、好摩の細い線をたどるうち、どんどん太くなっていることはたしかでしょ。きっと手がかりは得られるわ。……律子さん、生長しきったケシはどうしろって言われてたの?」

「袋に詰めて横浜の関内《かんない》にある……ええと、ケインって店に持っていくようにって。日没後なら、常時受けつけてるって言ってた。わたし以外にも、栽培している人たちが大勢いるみたい」

すると、好摩につながっていた一味はいまもまだ勢力を保っているにちがいない。

畑に密集して茂るケシに目を向ける。美由紀はつぶやいた。「納入するふりをして、紛れこむのがいちばんね」

「本気かい？」笹島が呆気《あっけ》にとられたようにいった。「密売屋にケシをくれてやるってのか」

「ただあげるわけじゃないのよ」美由紀はインクカートリッジをつまみあげた。「三年前のこと、まだ覚えてる？」

クラブ・ケイン

黄昏《たそがれ》をわずかに残した空の下、美由紀がステアリングを切り、横浜関内の〝親不孝通り〟にメルセデスCLS550を乗りいれる。

その横顔を、笹島は助手席のシートにおさまり、黙って見つめていた。道沿いの派手なネオンサインに、美由紀の白い顔がいろを変えてみえる。

そのとき、後部座席の律子がふいに口をきいた。「岬さんと笹島さんって、つきあってるの？」

「な」笹島はあわてて、思わず笑いを浮かべた。「なんでそんなことを……」

美由紀は平然とつぶやいた。「いいえ。そんな関係じゃないわ」

その言葉に、笹島はひそかに意気消沈した。やはり。僕の気持ちはまるで意に介していないらしい。

「けどさ」律子は身を乗りだしてきた。「笹島さんは岬さんに気があるよね？」

「え？」と美由紀の目がこちらを一瞥《いちべつ》する。

笹島はびくっとしたが、顔をそむけまいとした。表情から感情が読めるのなら、僕のきみへの思いを汲《く》みとってくれるだろう。

しかし、美由紀はまた前方に目を戻した。「ありえないわね。そういう仲じゃないし」

思わずダッシュボードを叩《たた》いて、エアバッグにでも顔をうずめたい気分になる。律子が小さな声で笑って、笹島の背をぽんと叩いた。

まいった。この二十歳の子には完全に気持ちを見抜かれていて、肝心の千里眼の女はまるで気づいてくれない。

「きょうも終わりね」美由紀がいった。「明日には旅客機が危機にさらされるってのに……」

「日が沈んだだけだよ。まだきょうは六時間も残ってる。ねえ、美由紀さん。僕は……」

携帯の着信音が鳴ったため、またも笹島は口をつぐまざるをえなかった。律子が声をあげて笑う。

美由紀は携帯を笹島に差しだしてきた。「メールが届いたみたい。運転中だから、代わりに見てくれる？」

それを受けとって開くと、若い男の顔が大写しになった画像が液晶板に現れた。

あの美由紀の友人の彼か。目を輝かせてこちらを見つめている。いや見いっている。

「きみの友達からだ。まちがいなく彼は、彼女に気があるね」

「それ……ほんと？」

律子が後ろから身を乗りだして、携帯を覗《のぞ》き見た。「ああ、間違いないね。完全に惚《ほ》れちゃってる。こういう顔のとき、男はその女のことしか頭にないよ」

美由紀は怪訝《けげん》そうにクルマを減速させると、液晶板をちらっと見た。彼女にとっては、それで充分らしい。

「わかる？」と笹島はきいた。

「さあ……」

「どうしてわからない？　大頬骨筋《だいきょうこつ》と眼輪筋が一緒に収縮してるし……」

「でもそれだけじゃ、ただ喜んでいるだけかもしれないでしょ。恋愛感情かどうかはわからない」

「えー。意外」律子はシートにもたれかかりながらいった。「美由紀さんがわからないの？　誰にでもわかるじゃん」

「律子さんにわかるっていうの？　どうして？　男性の気持ちなのに……」

「いままでつきあってきた人の反応とかで、だいたいわかってくるものじゃん。そっかー。

美由紀さんは惚れられてることに気づかないのかー」

律子がそういったのは、笹島に対するアシストであることは明白だった。

けれども美由紀は、眉間《みけん》に皺《しわ》を寄せたまま運転に興じるばかりだった。

深い恋愛はあまり経験していないのだろう、と笹島は思った。そのせいで男の反応がわからないのだ。千里眼に唯一残された死角。それは、美由紀に想いを寄せるという感情だけのようだった。

「あ」律子が声をあげた。「もうすぐ着くよ。右側の赤い看板の店」

美由紀はきいた。「律子さん、店に入るときに気をつけることとか、なにか聞いてる?」

「合い言葉があるって。でも、よく知らないの。わたしがいちど好摩に連れて行かれたときには、ほとんどの人が、店の黒服がいった言葉をそのまま繰りかえしたら入れたみたい」

「どんな言葉だったか覚えてる?」

「印象が強烈だったからね。ええと、赤とか、額賀《ぬかが》君とか、音とか、秋本美香とか……。でもいちどだけ、椅子って問いかけに対して、牛って答えた人がいたの。すんなり中に通されたから、あれも正解だったみたい」

「なるほどね……。わかった」

笹島にはさっぱりだった。「ほんとにだいじょうぶかい？　一緒に行こうか」

「駄目よ」美由紀はクルマを停めた。「着いたわ。笹島さん、運転して律子さんを家に送り届けてあげて」

「きみをひとりでは行かせられないよ」

「平気だって。帰りの都内方面は混むから、早めに行って」

「きみだけじゃ危険だ。僕を信用しなよ」

「同じ道を行き帰りするとして、行きが速度六十キロ、帰りが速度二十キロ。平均の速度は？」

「ええっと、あの……四十キロ」

「三十キロでしょ。よく間違える問題なの。あなたこそ気をつけて」美由紀は笑ってドアを開けた。後部座席のリュックサックを手にして車外にでると、そのまま〝クラブ・ケイン〟の店舗へと駆けていった。

やれやれ。笹島は助手席から運転席へと移り、ステアリングを握った。

「完敗だね」と律子が微笑する。

「いまはそうかもしれないな」笹島はつぶやきながら、ネクタイを正した。「でも、もうすぐわかるようになるさ、彼女も」

クラブ・ケインは大仰な看板のわりには、入り口の扉はまるで通用口のようにこぢんまりとしていた。その脇には屈強そうな猪首《いくび》の黒服が立つ。

美由紀が近づいていくと、黒服は無愛想に告げてきた。「猫」

「オケン」と美由紀は答えた。

黒服は無表情のまま、扉をノックした。扉はすんなりと開けられた。

ひそかに安堵《あんど》を覚える。やはり、きめてあったのは合い言葉そのものではなく、ルールだ。ローマ字で逆さに読むのがその答え方だった。赤、額賀君、音、秋本美香、すべてローマ字にすると回文になり、同じ答えを返すだけでいいが、ときおり変則的な問いかけがある。そのようにして、聞き耳を立てているよそ者の侵入を食いとめるのだろう。

入ったとたん、異様な匂いが鼻をついた。酸味と甘味が渾然《こんぜん》一体となったふしぎな香りだ。薄暗い通路は黒い壁紙に覆われ、赤い照明が足もとを照らしている。

スキンヘッドの男が近づいてきた。美由紀は黙ってリュックを開けて差しだした。

中身を一瞥した男が、美由紀をじろりと見てたずねる。「どこからだ？」

「植物管理センター」

「律子は？」

「わたしは彼女の代理よ」

ふんと鼻を鳴らし、男は遠ざかっていった。通路には美由紀ひとりが残された。

しばらくたたずんでいると、通路の先からぐつぐつと鍋《なべ》が煮立つような音がしているのに気づいた。

美由紀は足音をしのばせて歩を進めていった。行く手は黒いカーテンに覆われている。それを開けた。

強烈な悪臭とともに、熱風が押し寄せてくる。その向こうには煮えたぎる大きな釜《かま》があった。沸騰する液体のなかに植物の葉が浮かんでみえる。ケシだ。灰いろの湯気がたちこめ、周囲には、綿のジャケットやシャツがクリーニング店のように吊《つ》るしてある。麻薬を精製し、衣服のなかに染みこませて持ちだすのか。国内、それもこんな繁華街で製造しているとは。警察にとっては灯台もと暗しだろう。

ふいに、美由紀はうなじにちくりと鋭い痛みを感じた。あわてて前方に身をかがめ、膝《ひざ》立ちになって振りかえる。

外科医のような白マスクに白衣の男がすぐ背後に立っていた。手には注射器を持っている。

美由紀はすかさず立ちあがって反撃にでようとしたが、とたんにめまいを起こし、ふらついた。

身体がいうことをきかない。手足も痺《しび》れて感覚を失い、力が入らない。

ややしわがれた女の声がした。「おかしなのが入ってきたと思ったら、よく見てみれば噂の女ね。千里眼だっけ」

顔をあげて、その女の姿を見ようとしたが、目がかすみだしている。ぼやける視界に浮かんだのは、太りぎみの身体を装飾過多の光り輝くドレスに包み、線香のように細長いタバコをくわえた、化粧の濃い女だった。

かろうじて声を絞りだす。「あなたは……?」

「迷惑な話ね」女は書類の束をかざした。「捜し物は麻薬じゃなくて、これでしょ?　主人が二年がかりでようやく収集できた情報。C4爆薬を旅客機のどこに仕掛けたらいいか、そしてその起爆装置の構造はどうすべきか。見積もりを見てびっくりしたわ。ぜんぶ揃えるのに四億円もかかるなんて。まあ、ここの収益を取り崩せば、どうってことないけど」

美由紀は手を伸ばしたが、肩にも指先にも力は入らなかった。女は書類を後ろ手にまわして隠した。

朦朧《もうろう》とする意識のなかで美由紀はいった。「麻薬を売って稼いだお金で、爆弾と起爆装置を購入するの？」

「当初、主人はそのつもりでね」

「ご主人はどこ？」

「とぼけないでよ！」女は目をむいて怒鳴った。「あなたのせいで……主人は……あんなことに！」

潤んだ女の目を見つめながら、美由紀は気づいた。好摩には内縁の妻がいるときいた。この女がそうだ。夫婦そろって麻薬の密造と密売に手を染めていた。それが好摩のサイドビジネスだったのだ。

だが、この女は思い違いをしている。好摩が首を吊ったのはわたしのせいではない。

「首謀者は夫でしょ」美由紀はいった。「ひとり残されたあなたが、事業をつづける必要はあるの？」

「グリム童話に悪い男は五人しか出てこないけど、悪女は山ほど出てくるのよ。夫は爆発物一式について、すでに業者に支払いを済ませているの。損失は補塡《ほてん》しなきゃね。それで生産を急ぐ羽目になったのよ」

旅客機を落とそうとしているのは好摩ひとりだけだった。それも利益につながらないことだという。業者に発注を済ませてから、みずから週刊誌に暴露した。いったいなぜなのか。

汚名返上のためか。ありうる、と美由紀は思った。好摩は金には困っていなかった。ゆえに、四億もの大金をはたいて旅客機墜落を実現し、表の顔であるフリーライターとしての名誉回復を追求したのだろう。

意識が遠のきそうになり、脚が痙攣《けいれん》を起こす。美由紀は女を見あげた。「なにを注射したの」

「高純度のヘロイン。ジェットハイポって知ってる？　従来より細い注射針で、〇・五秒で大量の薬品を注入できるの。あなたは上等の顧客四、五人ぶんに相当するヘロインを摂取したのよ。耳を揃えて支払ってもらいたいけど、サービスしとくわ。代わりに命を差しだすならね」

白衣の男がケシを運んできては、沸騰する鍋に投げこんでいる。その手に美由紀が持ちこんだリュックサックがあった。男はその中身を鍋にぶちまけた。

美由紀は女にいった。「こんなことをしても無駄よ。わたしが戻らなければ、この場所はすぐに通報される」

「生意気な口ね」女はそういうと、ハイヒールのつま先で美由紀の頬をしたたかに蹴《け》った。それから腹を何度も蹴り、踵《かかと》で踏みにじった。美由紀は激しい痛みとともに呼吸困難に陥り、激しくむせた。

「ぜんぶあなたのせいよ！」女は蹴ることをやめなかった。「あなたのせいで主人はわたしを遠ざけるようになった。わたしはひとりになった！　どうしてくれるの！」

内臓をえぐるような痛みと、嘔吐《おうと》感に耐えながら、美由紀は思った。この女の本心が見えない。燃えあがるような憤りと嫉妬《しっと》心に満たされ、その先が浮かんでこない。

わたしが好摩になにをしたと思いこんでいるのだろう。あるいは、わたしの知らないなんらかの事情があったのか。間接的にでも、わたしは好摩の死に関与しているというのか。

女はかがんで、美由紀の首を両手でつかみ、絞めあげた。

ためらいは感じられない。このまま絞め殺すつもりだ。息ができない。

そのときだった。耳をつんざく轟音《ごうおん》とともに、釜の液体が爆発した。

間欠泉のように断続的に熱湯を噴きあげ、周囲に降りかかる。白衣の男が悲鳴をあげて逃げまどった。

女も美由紀の喉《のど》もとから手を放し、マグマの噴火のような熱湯から逃れようと身をちぢこませた。

辺りに湯気がたちこめ、視界は霧に包まれたように真っ白になった。けたたましいベルが鳴る。火災報知機のスイッチが入ったようだ。

インクカートリッジ内の小さな部品を、ケシとともに大量にリュックのなかに入れておいた。瞬間沸騰で泡がはじけ、インクを射出するそれらの部品は、熱すると化学反応を起こして爆発する。アヘン精製のために熱するだろうと想定し、仕込んでおいたものだった。

この隙に脱出せねば。そう思ったが、身体はもう動かなかった。麻痺《まひ》は全身に達し、ときおり意志とは無関係にひきつるだけだ。美由紀は横たわったまま、意識が朦朧とするにまかせるしかなかった。

「暮子《くれこ》ママ」黒服が駆けてきて、女に告げた。「やばいです。表に野次馬が集まりだしてます。消防が来ますよ」

好摩の妻は暮子という名らしい。暮子は苛立《いらだ》たしげにいった。「撤収するわ。金庫からお金をだして。ボートを用意してちょうだい」

「ブッは？　明日の受け取りですが」

「誰かひとり行かせて。品川駅の改札出口、朝七時よ」

判然としない意識のなかで、美由紀はなんとか視線を上に向けた。暮子はこちらに背を向けていて、後ろにまわした書類が見えている。

必死で目を凝らし、表のなかに記載された数値らしきものを読みとった。１００＝１００１・２。２００＝９８９・５。３００＝……。

確認できたのはそこまでだった。白衣の男が美由紀の髪をつかみ、ぐいと引きあげた。激痛はすぐに痺れとなり、頭部の麻痺へとつながった。美由紀は自分が失神していくのを感じ、闇のなかにおちていった。

中毒

次に感覚が戻ったとき、美由紀は肌に冷たい海上の空気を感じた。耳鳴りのように響くのはモーターボートの音だとわかった。波のせいでボートは激しく上下に揺れている。

目の前は真っ暗のように思えたが、違っていた。空を見あげているのだ。美由紀は仰向《あおむ》けに寝かされていた。手足を動かそうとしてみる。しかし、無駄だった。痺《しび》れはおさまらないばかりか、神経のすべてが壊死《えし》してしまったかのように感覚がない。

暮子の声が響いた。「このあたりでいいわ。女を始末して」

何者かの手が伸び、美由紀をぐいと引き立たせた。痛みはもはや感じなくなっていたが、嘔吐感だけはこみあげる。胃が裂けるかに思えた。

その男が店内にいたスキンヘッドだったとわかった。にやりとして、悪く思うな、そうつぶやいた。

それから海のほうを振り向かせられる。視界の端に横浜みなとみらいのネオンがみえた。横浜港沖、距離は三、四百メートルぐらいか。辺りに船舶はない。暗黒の海原が広がるだけだ。

いきなり、その海面が目の前に迫った。風圧を感じる。美由紀は自分が突き飛ばされたと知った。

海面への衝突の痛みも感じない。ただ息苦しさがあるだけだった。たちまち海水を飲みこみ、呼吸も不可能になった。泳ごうにも、まるで身体は反応しない。

耳も水にふさがれ、ぶくぶくという泡の音だけがこだまする。かすかな光を帯びた海面は頭上に遠ざかる。白い航跡をひきながらボートの船底が遠ざかっていくのを見た。

もうどうにもならない、と美由紀は悟った。

絶望と死をまのあたりにしたとき、浮かんでくるのは両親の顔だった。

高校で防衛大への進学を反対され、親とは絶縁同然に家をでた。しかし両親は最期まで、わたしのことを忘れなかった。陰ながら見守ってくれていた。そのことを知ったのは、両親が事故死したのちのことだった。

いまのように人の表情を見ただけでその感情を察することができるのなら、両親の愛情を疑ったりしなかった。

それでも、そもそも両親と仲たがいして全寮制の防衛大に入らなければ、F15《イーグル》パイロット《ドライバー》を経て〝千里眼〟に行き着くこともなかった……。

永遠のジレンマだ。美由紀は消えゆく意識のなかで、ぼんやりとそう思った。

そのとき、視界のなかで泡が縦に走るのを見た。

なにかが海中に飛びこんできた。黒い影はゆっくりとこちらに泳いでくる。それが人だとわかった。

幻か。もう思考が充分に機能していないのだ、幻覚を見ることはありうる。

接近してきたその顔が、見覚えのある男だと美由紀は気づいた。暗闇のなかでもわかる。

笹島だ。

笹島は美由紀を抱きかかえると、立ち泳ぎで浮上に入った。沈んだときとは逆に、急速に水圧が減少していくのを感じる。

海面から外へと顔がでた。きこえてくる荒い呼吸音は自分のものか、それとも笹島か。

「しっかりしろ」笹島は美由紀を小舟の縁《へり》につかまらせた。

指先に力が入らず、手を滑らせてまた海に沈みそうになる。笹島がすかさず美由紀の身体をささえ、それを阻止した。

ゆっくり身体が引きあげられる。漁師用の小型モーターボートだとわかった。笹島が拝借してきたらしい。船のなかは、魚を引き揚げるための網に満たされていた。

その網の上に、美由紀は寝かされた。笹島も船上に乗り、美由紀の顔をのぞきこんだ。

「美由紀さん。だいじょうぶか。返事をして」

言葉を発しようとしたとたん、苦しくなってげほげほとむせた。飲みこんでいた海水が吐きだされる。呼吸をしようとあえぐと、ようやく息を吸いこむことができた。

「笹島さん」美由紀はかすれた自分の声をきいた。「どうしてここに……」

「店をでた連中のクルマを尾《つ》けてきた。律子さんはタクシーで帰らせたんだよ。彼女がこうしろって言ったんだ。僕がきみを守るべきだって」

「あなたがわたしを……？」

「まあ、きみは僕の感情に気づいてないわけだから、べつにいいさ。それより、どうしたんだ？　顔が真っ青だ……。溺《おぼ》れただけじゃないな。連中に何をされた？」

「麻薬を……打たれて……」

「なんてことだ。すぐ病院へ……」

「駄目。入院してる場合じゃないし、中毒だって通報されたら警察が来ちゃうし……」

「そんなことといって、こんな身体でどうするつもりなんだ」

「お願い。あいつら、朝七時にブツを受け取るとか言ってた。たぶん爆薬か起爆装置……。

それから旅客機に仕掛けるつもりなら、まだ時間的余裕がある」

笹島は戸惑ったまなざしで美由紀を見つめていたが、やがて船尾に向かいながらいった。

「とにかく、身を隠せる場所を探そう。いまのきみの状態を見られたら、すぐに救急車を呼ばれちまう」

「そんなにひどい？」

「ああ……ひどいね」

美由紀はため息とともに目を閉じた。また意識が遠ざかりだした。吐き気はおさまらない。身体の震えがとまらず、精神面も不安定になっている。

生きのびた。そのことが、なぜか悲しく思えた。いまの自分が惨劇を阻止できる可能性はごくわずかだ。わたしは、その事実に直面せざるをえなくなった。

感情

そこは、港の埠頭《ふとう》の先に位置する木造建ての管理小屋らしかった。なかは無人で、がらんとしている。無線の機材も取り除かれた跡があった。くもの巣が張りめぐらされているところをみると、使用しなくなって久しいのかもしれない。

それでもゴムボートや救命用品一式が残っていた。笹島がそのなかから毛布をとりだして、美由紀に羽織らせてくれた。

美由紀は部屋の片隅にうずくまり、めまいや痺れを堪《こら》えようと必死になった。目を閉じると、平衡感覚に狂いが生じて小屋が傾いているように感じられる。かといって目を開けると、今度は壁が揺れているように見えてくる。

笹島は部屋のなかを物色していたが、そのうち中央にある古いストーブの前で足をとめた。

煙突が屋根の外に伸びている石炭式のストーブを眺めながら、笹島がいった。「これで暖がとれればいいんだが、燃やすものがない……。あ、そうだ、さっきの」

部屋の隅に向かった笹島に、美由紀はきいた。「なにかあるの?」

本を何十冊も抱えて笹島は戻ってきた。「新品の本が山ほど捨ててあったんだ。ぜんぶ同じ本でね。たぶん業者か誰かが、大量の売れ残りを不法投棄したんだな」

「なんて本?」

「『ソウルで逢《あ》えたら』とかいう題名だ。知ってる?」

「知らない」

「じゃ遠慮なく燃やせるな」笹島はページを次々にやぶってストーブに放りこみ、ライターで火をつけた。

室内がオレンジいろに照らしだされる。温度の上昇は感じられないが、わずかな安堵《あんど》を覚えることはできた。

そのおぼろげな明かりのなかで、笹島はゴムボートのなかをあさった。「非常食と、ミネラルウォーターが数本ある」

「海水一に対して、真水二の割合で混ぜれば、飲み水を増やせる……。ちょっとしょっぱいけど、水は多いほうがいいでしょ」

笹島が近づいてきて、穏やかにきいた。「自衛隊のサバイバルの知恵? ほかには?」

「薄くなった石鹸《せっけん》は電子レンジに入れて、五百ワットで三十秒温めれば、また膨らんで何回か使える。ただし直後は熱くなっていて、手で触れると火傷《やけど》しちゃうから注意」

「なるほど」笹島は美由紀に並んで座った。「つづけて」

「アルカリ乾電池は切れたあとも、消費電流の小さい機械に移し換えればまだ使える。ラジオで切れても電卓なら数時間は持つ。……ああ、駄目。正気を保てない……」

「がんばって。酒と同じで、時間とともに血液中で浄化されるはずだ」

そうはいっても、泥酔の数百倍の辛《つら》さだ。目には自然に涙が溢《あふ》れ、口もとから涎《よだれ》がしたたる。全身の痙攣《けいれん》がとめどなく起きる。

笹島が美由紀をそっと抱いて、身体の震えを抑制してくれた。

「寒い？」と笹島がきいた。

「ええ。……でもあなたのおかげで、少し温かい……」

「そうだ、これを」と笹島は、懐からマフラーを取りだした。

薄手に見えたが、藍《あい》いろのフリース製のマフラーだった。笹島がそれを美由紀の首に巻こうとしたとき、頬が触れあうぐらいに接近した。美由紀は思わずどきっとした。

マフラーはとても温かく、肌触りも柔らかかった。

「ありがとう」美由紀はつぶやいた。「毛糸のマフラーはチクチクして嫌いだけど、フリースは好きよ」

「生地を切った手製のものだけどね。フリースの原料は？」

「ペットボトルのリサイクルで……ポリエステルだけど、製造工程によって肌触りが違う」

「正解だよ」笹島は静かにいった。「ねえ、美由紀さん。僕はきみと出会えて、本当によかったと思う」

「……え？」

「きみを知る前まで、僕はただ両親の死に打ちひしがれた哀れな若造でしかなかった……。同じようにパイロットの精神面に起因する事故を防ぎたくて、精神科医になったけど、事故は別の理由でも起きる。……結局、悲劇はあとを絶たない。隠蔽《いんぺい》体質の航空業界は、すべての事故の原因をうやむやにしてきた。僕ひとりが抗《あらが》ってみたところで、無力感にさいなまれるだけさ」

「無力感なら、わたしもずっとひきずってる……」

「きみは違うよ。とんでもなく大勢の人を助けてきたじゃないか。人の感情を見抜けるようになったのも、きみにとっては運命かもしれない。きみは使命を与えられたようなもんだよ。日々、正しい行いにその技能を役立てようとしている。僕もそうありたいと思う」

「あなたはわたしより、ずっと立派よ」

「どうして?」

「警察にも、防衛省にも権威として認められているし……」

「そんなの無意味だ。そうだろ? きみはあらゆる権力を敵にまわしてでも、たった独りで物事を解決しようとする。いじめられて悩んでる子ひとりのために、労力を惜しまず尽くす。誰の悩みだろうと、自分のことのように考えて行動する」

「わたしには……人の気持ちがわかるから。わかりすぎるぐらい、わかるからよ」

「その才能はきみ特有のものだ。でもその思いは、きみだけが抱いているわけじゃない。僕もきみを守ってあげたいよ」

まるでショック療法のように、一瞬だけ意識が覚醒《かくせい》した気がした。またすぐに混沌《こんとん》としはじめる思考のなかで、美由紀は笹島を見つめた。「それって……どういう意味?」

「千里眼に見抜けない、唯一の感情ってことさ」

たずねる間もなく、笹島が顔を近づけてきた。

唇を重ねることに、美由紀は抵抗をしなかった。

胸の奥に温かさが広がっていく。ふしぎな感覚だった。これが、あの読みとれなかった感情か。美由紀はおぼろげな思考のなかで感じた。なるほど、わからなかったわけだ。こんな恋愛、わたしは経験したことがなかった。

メッセージ

広大な床面積を誇る品川駅構内には、ショッピングモールさながらに商店街が縦横に走っている。東海道・山陽新幹線のホームもあることから、旅じたくが整えられるほどの多種多様な店舗が立ち並ぶ。

だが朝の六時五十分という時刻では、それらの店のシャッターは下りて閑散としている。蛍光灯におぼろげに照らしだされた無機質の迷路、それでも刻一刻とラッシュ時が迫り、通勤客とおぼしき人々の靴の音がそこかしこに響き渡る。

京浜急行のホームから中間改札を通って、コンコースに悠然と歩を進める男がいる。スキンヘッドにいかめしい顔、黒のスーツ。細い腕と脚は俊敏そうで、いざというときの逃げ足も速そうだった。

美由紀は焦点のさだまらない目であっても、昨夜見たその男の顔を見逃すことはなかった。すかさずシャッターの陰から飛びだし、男の襟もとをつかんだ。

「な、なにしやがる!」男は抵抗して、美由紀の手を振りほどこうとした。激しい頭痛と耳鳴り、めまいのなかにあって、美由紀の握力は充分に発揮できていなかった。それでも、意地でも放すまいと心にきめていた。

身体を引き寄せて脚をひっかけ、柔道の大外刈りの要領で床に引き倒す。男は悲鳴とともに背を床に打ちつけた。美由紀は男に抱きついたまま転がって、半開きのシャッターの下に潜りこんだ。

薄暗いドラッグストアの店内で、美由紀は仰向《あおむ》けになった男の上に乗り、その喉《のど》もとを絞めあげた。「ブツの受け取りってのに興味があるの。段取り、教えてくれる?」

男は愕然《がくぜん》とした表情で美由紀の顔を見あげた。「おまえは……」

「さっさと白状して。時間がないの」

「へっ……。言わなきゃどうする? 絞め殺すか?」

美由紀は遠慮なく、男の首をつかんだ手に体重をかけた。男は苦しがってじたばたと暴れた。

店内でカウンターに寄りかかっていた笹島が、男に静かに告げた。「精神科医からの忠告だが、麻薬中毒は思わぬ凶暴性を発揮することがある。口には気をつけたほうがいい」

はっとして男は抵抗をやめた。

「わかったよ」男は苦々しくつぶやいた。「教えるよ」

美由紀は少しばかり意外に感じた。脅しにこれほど早く屈するとは思わなかった。仕事が仕事だけに、麻薬中毒患者の恐ろしさを熟知しているということだろうか。

「嘘をついてもバレるわよ」と美由紀は男にいった。

「わかってるよ、ほんとのことを言えばいいんだろ。……携帯だ、俺の胸ポケットに入ってる。改札を出たところで三人の運び屋が、顔の見えるぐらいの距離から電話をしてくる」

「三人って？」

「ブツを間違いなく手に入れられるように、複数の運び屋を雇ってるんだよ。連中は競って我先にブツを仕入れて、運ぼうとする。確実な方法なんだ、暮子ママはいつもそうしてる。ただし、気をつけなよ。三人のうちひとりと接触したら、ほかの連中は雲隠れしちまう。こっちが取り引き相手を選んだってことだからな。人選も課題のひとつってことだ」

美由紀はしばらく無言のまま、男の目をじっと見つめた。

薄明かりのなかだが、見誤ることはない。男が欺瞞《ぎまん》を働いているようすはない。ほぼ間違いなく、真実を口にしている。すなおすぎるのが気になるが、嘘ではないようだ。

「情報ありがと」美由紀はそういって、男の胸ポケットをまさぐって携帯電話を取りだした。

ふたたび床を転がって、シャッターの下からコンコースへと戻る。それから男を引き立たせると、美由紀は中間改札のほうへと突き飛ばした。「消えてくれる？　邪魔したら承知しないわよ」

男は怯《おび》えた顔でふらふらと後ずさったが、反撃を画策するようすもなく、背を向けて走り去っていった。

シャッターをくぐって外にでてきた笹島に、美由紀はいった。「凶暴？」

「中毒の患者同然だったことは事実だろ。しかし、明るいところでみるとひどく血の気が失《う》せた顔だな……。目も血走っている。熱があるんじゃないのか」

「だいじょうぶ。マフラーのおかげで暖かいし」美由紀は出口の改札へと向かった。

自分の体調は自分が最もよくわかっている。これ以上ないというぐらい、最悪のコンディションだった。息は切れるし、まっすぐ歩くだけでも困難だ。

それでも、弱音を吐いてはいられない。国内のどの空港も、もう朝の第一便は出発している。爆弾の受け渡しがいまからおこなわれるということは、午後以降の便の可能性が高いが、どの空港発のどの便かもいまだ特定できていない。

自動改札に切符をいれて構内から出る。笹島がいった。「品川で取り引きってことは、狙われる旅客機は羽田発かな」

「断定はできないけど、その可能性は高いわね」美由紀は自動券売機の上の時計に目を向けた。

もう七時になる。暮子のいった約束の時間。改札前はまだ人影もまばらだ。

ふいに携帯が鳴った。だが呼び出し音は一度かぎりだった。液晶板を見ると、メールの表示がでている。

笹島が緊迫した声でつぶやいた。「メールか」

美由紀は急いで携帯を操作し、液晶板に表示させた。とたんに、面食らって凍りついた。

ブツヲニュウシュ。トリヒキジョウケンハ　アトデレンラクスル。ヒゲ

「なんだこれ」と笹島がいった。

顔をあげて、美由紀は辺りを見まわした。顔の見える距離から連絡が入るとさっきの男は言っていた。だが、周囲に携帯を手にした人間は見当たらない。

と、つづけざまに二回、携帯の呼び出し音が鳴った。さらにメールをふたつ受信している。

ヒゲガニュウシュシタモヨウ。オレハオリル。アカシャツ
オレトアカシャツハ、ブツヲニュウシュデキナカッタ。ホカノホウホウアリ。メガネ
「美由紀さん」笹島が耳うちした。「あいつら、どうも変じゃないか」

笹島の視線を追うと、改札の向こうで公衆電話のブースにひとり、口ひげを生やした目つきの鋭い男がいる。

すぐに美由紀は、コンコースをはさんで逆側にある公衆電話にも、怪しい男がふたりほどいることに気づいた。そのふたりは連れ立ってはいないらしく、距離を置いてそれぞれに電話の受話器を手にしている。うちひとりはジャケットの下に赤いシャツを着て、もうひとりは眼鏡をかけていた。

「でもな」と笹島は頭をかいた。「受信したのはメールだし……」

「いえ。あの人たちにちがいないわ。公衆電話からでもメールは送れるし」

「そうなのかい?」

「プッシュホンで184-090-310-1655番。ドコモのメールセンターにか

けてから、相手の電話番号を入力して、＊2＊2と押す。いにしえのポケットベルのメッセージってやつと同じ」

「懐かしいな。アが11で、イが21ってやつだな。ひと昔前には女学生はみんな文字と番号の変換表を暗記してた」

「ずいぶん前だけどね」美由紀はつぶやきながら、メール送信者と思われる三人を観察した。

髭《ひげ》、赤シャツ、眼鏡。内容から、誰がどのメールを送ったかはわかる。三人ともこちらの顔は知らないらしく、しきりに視線を周囲に泳がせている。ここで公衆電話から連絡するよう、指示を受けていただけなのだろう。

三人のうち、髭と赤シャツには揺るぎない自信を感じる。しかし、眼鏡だけは別だ。彼の表情は左右非対称だった。右頬を吊《つ》りあげている。現状であの表情を浮かべるには、それなりに理由がありそうだった。

「眼鏡の人だけ嘘をついてる」と美由紀はいった。

「ふうん。きみがそういうのなら間違いはないだろうが……。誰と接触する？　チャンスは一度だぞ」

美由紀は鈍りがちな思考を必死で働かせた。髭と赤シャツは本当のことを告げ、眼鏡は嘘の連絡を寄越している。メール内容と照らしあわせると、合致しないように思える。いや、待て……。

「あの眼鏡の人と話すわ」と美由紀は歩を踏みだした。

「ほんとか？」笹島も並んで歩きだす。「髭は嘘をついていないんだろ。なら、髭と接触すべきじゃないのか。ブツを入手したとメールしてきてるんだぞ」

「そう。一方で眼鏡の人は、自分と赤シャツが入手できていないと言ってるけど、それは嘘。すべての条件を満たすのは、髭の人と眼鏡の人が共同で爆弾を入手して、眼鏡の人が髭の人を出し抜いてひとりで取り引きしようとしている、そういう状況よ。つまり現状では眼鏡の人のところに爆弾がある」

「頭がこんがらがってきた」

「中毒患者に負けてどうするのよ」

「寝不足でね」

「それはわたしもよ。でもキスのあとは寝てたんじゃなかったの？」

「きみの体力の回復を待ってたんだが……朝になっちまって」

「回復を待ったの？　なんで？」

「それは、そのう……。いや、べつにいいよ」

自動改札に近づきながら眼鏡の男に目線を合わせる。眼鏡の男もこちらに近づいてきた。と同時に、髭と赤シャツが肩をすくめて退散していく。

美由紀は改札をはさんで、眼鏡と向き合った。「おはよう」

眼鏡はぶっきらぼうに告げた。「代金はきょうじゅうに振りこめ。大久保駅に預けてある。ヴィトンのバッグだ」

会話はそれだけだった。眼鏡はすぐに踵《きびす》をかえして、歩き去っていった。

その姿が見えなくなるまで、美由紀はじれったさを嚙《か》みしめながら静止していた。不穏な動きをみせれば、彼に怪しまれる可能性がある。

しかし、足音も聞こえなくなるに至って、美由紀は即座に駆けだした。笹島もほぼ同時に走りだした。

「大久保駅か」笹島がいった。「総武線だな。電車のほうが早くないか」

「いいえ。わたしのクルマのほうが早いわ」美由紀は階段を駆け降りて、パーキングスペースのメルセデスへと急いだ。

爆弾を押さえてしまえば、テロは防げる。暮子が気づいて先回りするより前に、なんとしても手にいれねばならない。あと数時間。そもそもわたしが気づかなければ、誰も知りえなかった爆弾テロ。いまも世間に知る者はいない。阻止できるのは、わたししかいない。

大久保駅

首都高四号線を中央道方面へ、朝のラッシュ寸前の道路状況を駆け抜けて、新宿出口で降り、山手通りから大久保通りへ。ノンストップ、赤信号も突っ切った。美由紀にとっては充分すぎるぐらいの安全確認をしているつもりだったが、助手席の笹島には暴走以外のなにものでもないらしい。ときおりびくっと身をのけぞらせていた。

それでも笹島は、小言は口にしなかった。わたしを信頼してくれているのだろうと美由紀は思った。こんなふうに心が通うなんて、夢にも思わなかった。しかしいま、彼はわたしにとってかけがえのない存在となりつつある。

孤独に終止符を打つときが来たのかもしれない。この局面さえ、無事に乗りきれば。

古い商店街のなかを突っ走り、大久保駅のガード下でブレーキを踏みこむ。メルセデスは急停車した。

エンジンを切ってクルマの外に飛びだす。路上駐車もやむをえなかった。改札への階段を一気に駆けあがり、券売機の脇にいた駅員めざしてまっしぐらに突き進む。

正直に話していたのでは、時間がかかりすぎる。嘘はきらいだが、いまはやむをえない。

美由紀は駅員に大声で告げた。「鉄道警察隊新宿分駐所の岬です。埼京線のマグロの所持品がここに預けられているって話なので、至急調べてくれませんか。このままだと現場検証が長引いて、スジを寝かせたり殺したりしなきゃいけないんで……」

駅員はこわばった顔で駆けだした。「すぐ本屋、行ってきます」

ぜいぜいと息をきらしながら、笹島が追いついてきた。「なんだって？　マグロにスジって？」

「信じてもらえるように駅員さんの慣用句を使ったの。マグロは轢死体《れきしたい》、スジを寝かせるってのは列車を遅くすることで、殺すっていうのは運休すること。本屋は駅長室」

「なんでも知ってるんだなきみは……。ただし、嘘はつけない性格なんだな。やたらと瞬《まばた》きが増えてる。心理学者ならすぐに見抜けるよ」

美由紀は思わず苦笑した。「そうかも……」

大久保駅の駅員がマスターキーで構内のコインロッカーをあらかた調べ終えたころには、もう太陽は高い位置まで昇りつめていた。正午が近づいている。

美由紀はコインロッカーの連なる通路で時計を見あげた。十一時三十二分。暮子は邪魔が入ったことに気づいただろうか。先回りしたとは考えにくいが、いまに至って姿をみせないのも気になる。

「これでぜんぶですな」駅員はコインロッカーの扉を開けて、なかをしめした。

「ご覧のとおり、ヴィトンのバッグもなければ、怪しげなものひとつ見当たりませんが」

「へんね……」美由紀はつぶやいた。

笹島が硬い顔で歩み寄ってきた。「あの眼鏡の男は最後まで嘘をついてたってことか」

「いいえ。そんなはずはない。……爆弾の在り処《か》を告げたときの彼の顔は、まぎれもなく真実を語ってた」

「でも、それじゃ話が通じないだろ。さっき駅長も言ってたが、この駅で荷物を預かることができるのはコインロッカーだけだ」

「そうよね、でも……。嘘じゃなかったとすれば、わたしたちが聞き誤ったとか？」

「眼鏡の男はたしかに大久保駅と言ったよ。……あ、だけど……」

「なに？」

「ほかに大久保駅ってなかったんだっけ？　ＪＲじゃなく私鉄とかは？」

「新大久保駅なら隣にあるけど、同名の駅は……」美由紀のなかに浮かびあがる記憶があった。衝撃を受けながら美由紀はいった。「都内に限らなければ、ほかに二箇所、大久保駅はあるわ。秋田県の奥羽本線と、兵庫県の山陽本線」

笹島が面食らった顔をした。「秋田に兵庫だって⁉」

そのとき、笹島の肩越しに、しかめっ面のふたりのスーツ姿の男たちが見えた。うちひとりが、駅員に話しかけている。鉄道警察隊の岩国だが……。

駅員が応じる。あ、いまちょうど、新宿分駐所の岬さんという女性のかたが……。

まずい。たぶん駅長が分駐事務係に連絡をとったのだろう。美由紀は笹島の手をひいた。

「どうした？」と笹島がきいた。

「いいから、走って」美由紀はそういいながら駆けだした。

「まて！」背後から野太い声が追いすがる。

美由紀は笹島の腕をつかんだまま、階段を駆け降りた。柱の陰に隠れてやりすごしてから、駐車中のメルセデスに急ぐ。

と、笹島が足をとめた。「手分けしよう。僕は兵庫にいく。きみは秋田をめざしてくれ」

「それなら、クルマで東京駅まで一緒に……」

「いいんだ、タクシーをつかまえてから最短ルートを考える」笹島は言いながら踵をかえし、走りだした。「きみも急いでくれ。あとで携帯で連絡を取りあおう」

「わかったわ」美由紀は怒鳴りかえして、クルマの運転席に乗りこんだ。

秋田か。東北道を全速力で北上しても、かなりの時間がかかる。どこかで別の移動手段に乗り換えねばならない。新幹線か、飛行機か……。

と、エンジンをかけようとした手が、ふととまった。

大久保駅に隣接した建物を、視界の端にとらえたからだった。

あれは……。美由紀は息を呑《の》んだ。

七年

午後一時十三分。

暮子は濃いいろのサングラスを通して辺りに目を配った。狭いシティホテルのロビーは、状況が把握しやすい。ポーターのほかには、ラウンジでコーヒーを飲んでいるビジネスマン風の二人連れがいるのみ。私服警官らしき姿はなかった。

ほっとすると同時に、連絡もなく姿を消した部下に対し憤りを感じずにはいられなかった。またしてもへまをしでかした。ろくでなしを雇わねばならない職種であることは百も承知だが、こうまで忠誠心の薄い輩《やから》どもの裏切りが連続すると、組織人事を根本的に見直したくなる。

もともと夫の考えた組織の構成だ、夫がいなくなったとあっては手綱が緩むのは避けられないことだった。

チェックインカウンターの脇にあるクロークに近づく。従業員がにっこりと微笑んで応対した。「なんでしょう」

「荷物を預けてあるの。ヴィトンのバッグ。名前はこれよ」と暮子はメモを渡した。

「お待ちください」従業員は奥にひっこむと、ほどなく目当てのバッグを重そうに掲げて戻ってきた。「こちらですね」

「そうよ。どうもありがとう」暮子はバッグを受けとった。腕にずしりとくる重みがある。念のため、ファスナーを開いて中身をたしかめた。間違いない。暮子は微笑を漏らした。閉じるのももどかしい。まずはこの場を去ることが最優先だ。

ロビーを足ばやに歩きながら、暮子は思った。今後はできるだけ、わたしが自分で動いたほうがいいかもしれない。しょせん人など、信用できない動物にすぎない。わたしが信じられるのは金と自分と、このバッグの中身だけだ。

と、そのときだった。暮子の歩は静止した。意識せずとも止まっていた。目の前に信じられない光景があったからだった。

いるはずのない人間がいる。出会うはずのない場所で、その女は不敵にたたずんでいる。

「こんにちは。暮子ママ」岬美由紀が油断なくいった。

美由紀は、帽子とサングラスで可能な限り顔を隠そうとした暮子と向き合っていた。

変装した状況にありながら、派手なエルメスのスカーフを首に巻き、ひと目をひくオレンジいろのスーツに淡いグリーンのハイヒールといういでたちだ。酔狂というより、こういうファッション以外の服装を知らない女なのだろう。

「盲点だったわね」美由紀はつぶやいた。「コインロッカーのほかにも駅で荷物を預けられる場所がある。正確には、駅に直結したシティホテルのクローク。宿泊客しか使えないと思われがちだけど、そうでもないのよね」

「岬……美由紀」暮子はなおも呆然《ぼうぜん》としていた。「どうして……。死んだはずなのに」

「まさかね。あなたを野放しにしたまま溺《おぼ》れ死ぬとでも思った?」

暮子はしばらくのあいだ美由紀を眺めていたが、窮地に立たされたと悟ったらしい、ふいに背を向けて走りだそうとした。

「待って!」美由紀は即座に飛びかかった。暮子をその場で押し倒す。

悲鳴をあげながら、暮子は前につんのめった。バッグがその手から離れ、どさりと音をたてて床に落ちた。

ところが、ファスナーの開いたままになっていたバッグから転がりでたのは、美由紀が想像していたものとは違っていた。

それは白い粉の入った無数のビニール袋だった。

美由紀は愕然《がくぜん》としながら身体を起こした。バッグに這《は》って近づき、ひったくるように取りあげた。

中身をすべてぶちまけ、バッグを裏がえして調べたが、爆弾も起爆装置もなかった。おさまっていたのは白い粉の袋のみ。ほかにはなにもない。

「爆弾はどこ？」美由紀は暮子にきいた。

ロビーは水をうったように静まりかえっていた。ポーターもラウンジの客も身じろぎひとつせず、突然の事態を固唾《かたず》を呑んで見守っている。

そんな視線に晒《さら》されながら、暮子はゆっくりと上半身を起こした。

「爆弾ですって？」暮子はふてぶてしくいった。「なんの冗談よ」

「とぼけないで」美由紀は暮子の胸ぐらをつかんだ。「けさブツの受け取りがあるって、あなた自身が言ってたじゃない」

「ブツはこれよ。衣服に染みこませてあったヘロインを復元してもらったの。外注業者の仕事だけど、こちらでもいくらかさばくために仕入れたのよ」

「……するとあなたは、旅客機の爆破を意図していなかったの？」

ふんと鼻で笑って、暮子は告げてきた。「あなた、きのうのわたしの話、聞いてなかったの？　一円の得にもならない爆破テロなんて、わたしにはどうでもいいことよ。主人が望んだから仕方なく手伝ったけど、それも過去の話ね」

「けど、得にならないのなら、いったい好摩はなんのために爆破を……」

「好摩？　ああ、あのフリーライター？　あいつはケシを貢いできて小銭に与《あずか》るだけじゃない。主人があんな小者に、大事な仕事をまかせるわけないでしょ」

「ど……どういうことなの？　あなたは好摩の内縁の妻じゃなかったの？」

暮子の顔はみるみるうちに怒りのいろに染まった。「愚弄《ぐろう》するのもいい加減にしてくれる？　主人はあなたのせいで色香に迷った。あなたがわたしから主人を奪ったのよ！」

美由紀は言葉を失った。

暮子の胸ぐらをつかんだ手に、馴染《なじ》みのある肌触りを感じる。スーツの裏地に、保温性に優れたフリースが使われていた。藍《あい》いろのフリース。

はっとして、美由紀は自分の襟もとに手を伸ばした。マフラーに触れる。

まるっきり同じ触感だった。ポリエステル百パーセントでも、製造工程によって違いがでるはずなのに……。

旅客機爆破をたくらむ暮子の夫。好摩ではなかった。そして、暮子の主張に該当する人間は、ただひとりだった。

「笹島さん……」美由紀は自分のつぶやきを耳にした。「笹島さんが、あなたの夫……？」

床に座りこんだまま、暮子は軽蔑《けいべつ》のまなざしを美由紀に向けてきた。「知らなかったとでもいうの？　夫をさんざんたぶらかして、わたしとの縁を切らせておいて……。あなたなんか死ねばよかったのよ。どうして海から生還できたっていうの。つくづく悪運ばかり強い女ね」

クラブ・ケインで暮子がいきなりわたしを抹殺しにかかったのは、必ずしもわたしを犯罪の邪魔になるとみなしたためではなかった。嫉妬《しっと》心からわたしを殺そうとしたのだ。

それでも、にわかには信じがたい。いや、信じろというほうが無理だ。

「……ありえないわ」美由紀はつぶやいた。「笹島さんは両親の死から旅客機事故を憎んだ。この世から事故を追放すべく活動し、パイロットの心理を研究する精神科医として名を馳《は》せた」

「雄介さんはね」暮子は笹島をそう呼んだ。「事故そのものじゃなく、航空会社を恨んだのよ。ひいては航空業界全体を憎んだの。遺族補償も充分にせず、隠蔽《いんぺい》体質がいっこうに改善されないあの業界にね。彼は業界そのものを潰《つぶ》すために爆破を計画した。原因不明の墜落事故が発生し、航空会社がその説明責任を果たせないとなれば、責任を問われるのは必至だからよ。今回いちど限りじゃない、何度だろうと空から飛行機が消える日までおこなおうとしていた」

「そんなの……無理よ」美由紀は震える声でいった。「だいいち、そんなことで両親の死が報われるとでも思ってるの？　大勢の人々が犠牲になるのに……」

暮子はじっと美由紀を見つめてきた。

「あの子はね、甘えんぼだったのよ。だからずっと年上のわたしと結婚した。母親がわりになる妻がほしかったんでしょうね。麻薬事業はわたしの仕事だったけど、雄介さんはその仕事の実態を知る前に、わたしの富を欲した。爆破テロのための活動資金だってことは、彼が打ち明けてくれたわ。お金目当ての結婚ってことはわかってたけど、彼、可愛いし、誠実で、かっこいいでしょう？　一緒になってもいいかな、と思ったわけよ」

耳をふさぎたくなる話だった。いまに至ってもなお、信じたがっていない自分がいる。

だが、これで状況に伴う不自然さの謎が解けた。

品川駅で会った暮子の手下がすんなりと口を割ったのは、美由紀を恐れてのことではなかった。笹島の声を聞きつけた瞬間、彼は心変わりしたのだ。暮子と一緒に麻薬密造の指導者だった笹島。連中が逆らえないのも無理はなかった。

美由紀が海に沈められた直後、笹島が現れて救助した。暮子を見張り、追跡するのは彼にとって造作もないことだったろう。あれはわたしをめぐる夫婦喧嘩《げんか》だったのか……。

ふんと暮子は鼻を鳴らした。「そのマフラー、雄介さんの手製ね？　わたしも同じのをプレゼントされたわ」

「いつから」美由紀は喉《のど》にからむ声できいた。「結婚を……？」

「もう七年になるわ」暮子の敵愾心《てきがいしん》のこもった目に涙が浮かびだした。「親を失って意気消沈していた雄介さんを慰め、立ち直らせてきたのはこのわたしよ。それが三年ぐらい前、あなたと会って、雄介さんは変わっちゃったのよ。自分と同じ境遇の娘《こ》がいる、彼女のことが忘れられない、って……。寝ても覚《さ》めてもあなたの話ばかり。ほんの数日前になって、彼はついに離婚届を突きつけてきた。まんまと彼を奪ったわね。あなたなんか地獄に落ちたらいいのよ！」

衝撃に、すべてが静止しているようにみえる。

滞った時間の流れのなかで、美由紀はただ呆然としていた。

彼に悪意ある欺瞞《ぎまん》は感じられなかった。犯罪者に特有の感情を読みとれなかった。その理由はひとつだけだった。

彼にそんな感情は存在していなかった。一途《いちず》にわたしを愛し、正しい行いをしていると信じていた。わたしがその正義に疑いを持つ可能性があることにさえ、気づかずに。笹島雄介の素顔とは、そういうものだった。

死刑台

笹島は腕時計で時刻を確認した。午後二時二十六分。

ジャパン・エア・インターナショナル《ＪＡＩ》の整備士のつなぎを着た笹島は、フォークリフトを操り第一旅客ターミナルの貨物集積所から、広大な滑走路へと走りでた。

フォークリフトは大きなコンテナを掲げている。同種の車両が何台も、待機中の石川県小松空港行きＪＡＩ７８３便に向かって走っていた。

コンテナの底部は曲線を描いていた。円筒を横に倒した形状の旅客機では、乗客の座席下にある貨物室の床は必然的に逆アーチ状になっている。荷物を直接、貨物室に入れたのでは、床の曲線のせいで不安定だ。だからこのようなコンテナに積んで搬入することになっている。

曇り空の下、ボーイング７４７には大勢の整備士が群がっているのが見える。格納庫でいわゆるＡチェックを終えたあとでも、離陸までのあいだに繰りかえし点検がおこなわれている。

ＪＡＩも馬鹿ではない。好摩のような胡散臭《うさん》いフリーライターの発言であっても、きょう国内で離着陸する旅客機すべてに念入りな点検を課している。防塵《ぼうじん》眼鏡と呼吸用のマスクを着用した整備士までいることから、いまもなお燃料タンクのアクセス・ドア内部を点検しているとわかる。午後三時四十分に離陸することを考えると、現時点でこの徹底ぶりは度を越しているほどだ。

たしかにＪＡＩは、数ある航空会社のなかでも比較的安全面を重視する企業だ。だが、それでも穴があることを教えてやる。この世に完璧《かんぺき》ということなどない。

整備士は貨物室の内部を綿密に調べたあと、フォークリフトの運転手らにコンテナの積みこみを許可した。

これが盲点だと笹島は思った。全長七十メートル、全幅六十四メートルの機体の隅々までチェックが入り、一方で乗客の荷物検査もおこなわれる。だが、その中間に、見落とされがちなコンテナという物体が存在することを、誰もが忘れている。

荷物をコンテナに積む作業において、警備は手薄だ。各自、作業員にまかされた仕事にすぎない。コンテナの内壁にＣ４をたっぷりと詰めこみ、特殊なセンサー付きの起爆装置をおさめても、そのことに気づく者はいない。

コンテナはいびつな形の貨物室の内部にパズルのように隙間なく収められていく。それぞれのコンテナの位置も決まっている。笹島の運んだコンテナは、思惑どおり機首から三十七メートル、重心位置から四メートル後方の左舷《さげん》に収納された。あそこで爆発すれば、機体は確実にコントロールを失い、きりもみ状態になって墜落する。しかも、爆破工作の痕跡《こんせき》が残りにくい。

七年ものあいだ、あらゆる手段を検討した。爆破以外の方法も模索した。パイロットの食事に睡眠薬か毒薬をまぜることも考えたが、航空会社はどこも食中毒を想定し、機長と副操縦士、航空機関士らの食事をそれぞれ別のところで作らせている。三人全員の操縦能力を失わせるのに適切なやり方とは思えなかった。

旅客機は失速しても、機首を下げて迎え角を小さくするなどの操縦により、墜落をまぬがれる。旅客機はなかなか落ちないものだと知った。両親の死の責めを負わせたいという動機と、安全対策が万全に近いことを思い知るという葛藤《かっとう》の連続だった。

しかしそのジレンマも、もうすぐ終焉《しゅうえん》を迎える。このコンテナのほかには、機内アナウンス用のDVDをすり替えただけという、簡単な工作ですべては終わった。惨劇はまだ起きていない。それでも、それは必然となり、笹島の仕事としては完了した。

フォークリフトで格納庫に入り、ロッカールームで整備士の服からスーツに着替えた。

関係者用の通路から旅客でにぎわうロビーにでて、その混雑に紛れこむ。

第一の復讐《ふくしゅう》は終わった。しかし、これは始まりでもある。悲劇はこれだけに留《とど》まらない。航空会社があらゆるフライトを自粛せざるをえなくなるまで、恐怖はつづく。

感慨を胸に、ひとりロビーを突っ切っていく。そのとき、ふいに肩をぽんと叩《たた》かれた。

立ちどまって振りかえった瞬間、笹島は息を呑《の》んだ。

美由紀はデニム地のカジュアルな服装で、背後にたたずんでいた。

「み……」笹島は混乱しながらつぶやいた。「美由紀さん。なんで、こんなところに……」

「きょうはそんなふうに人を驚かせてばかりの日ね。あなたこそ、ここでなにをしてるの？　兵庫に向かってるはずなのに……」

「いや。国内便で、関西空港まで飛んだほうが早いかと思ってね。きみも飛行機の利用を？」

「いいえ」美由紀はポケットからチケットを取りだしていった。「判明したのよ。爆破テロの標的になっている飛行機が」

「なんだって」

「三時四十分羽田発小松行き、ＪＡＩ７８３便。スーパーシートに売れ残りがあったんで、二枚押さえてきたわ」

「そ……それは、よかったね」うかつなことで表情に感情を表すことはできない。笹島は目を逸《そ》らしながらいった。「すぐに通報して、離陸も取りやめさせるべきかな」

「いいえ。いまさら通報だなんて。それより、機内に乗りこんだほうが早いわ」

「乗りこむだって？」

「そうよ。JAIといえば徹底した点検で知られている会社よ。機体整備は万全のはず。乗客が手荷物で爆弾を持ちこむとしか考えられない」

「その人物を直接捜しだそうってのかい」

「ええ。そのとおり」

「しかし……」

言いかけて、笹島は口をつぐんだ。

貨物室やコンテナという点検の盲点を指摘して、どうなるというのだ。計画をみずから失敗に追いこむだけではないのか。

「どうかした？」と美由紀はきいた。

「いや、なんでもない……」

「じゃ、行きましょう。あなたも協力してくれるわよね？」

「そりゃ、もちろん……」

微笑んで背を向け、搭乗手続きの列へと向かっていく美由紀の後ろ姿を見ながら、笹島は心拍が速まるのを感じていた。

千里眼が、いまの俺の心境を見抜けなかったはずがない。動揺は確実に判別できたはずだ。しかし、どこまでわかっているのだろう。一緒に旅客機に乗ろうと誘ってきた。墜落する運命の機体に。彼女は、真実の何割を知りえているのだろうか。

ひょっとして、すべてわかっていて、あんな態度をとっているのか。

どちらにせよ、逃げ場はない。ここで逃走したのでは、旅客機に爆弾があると教えるようなものだ。

不安と緊張に、汗がにじむ。緊張しながら笹島は歩を踏みだした。まるで死刑台への一歩だ。運命はこの期に及んで、俺をもてあそぼうとしているのか。

運命

ＪＡＩ783便のスーパーシートは設備として素晴らしく、座席の間隔もファーストクラス並みに開いている。本来なら快適そのものの旅立ちになることだろう。だが笹島にとっては、そうではなかった。

座席はエコノミーも含めほぼ満席状態だった。地鳴りのような響きと振動、機体はゆっくりと滑走路に進んでいる。正面のモニターには緊急時の脱出法を説明する映像が流れているが、乗客のほとんどは旅慣れているらしく、凝視する者は誰もいない。

隣に座った美由紀がふいに声をかけてきた。「どうしたの。そんなに汗かいて」

「え？　あ、いや……。シートベルトが少し窮屈でね。それに、僕自身、飛行機がそれほど好きじゃないんだ。両親のこともあるしね」

「ああ……。そうだったわね。ごめんなさい」

「いや、いいんだ。……ねえ美由紀さん、知ってるかい？　ジャンボ旅客機ってのは、自力でバックすることはしないんだよ」

「そりゃ、そうでしょ。後ろ見えないし、地上で逆噴射しちゃ周りの迷惑だしね。牽引《トーイング》車《カー》が押してバックさせるのよ。どこでもそうしてるでしょう」

「そうだよ。きみはパイロットだったね、忘れてたよ……」

「笹島さん。どうかしたの。ヘンよ」

「いや……。あ、まだドアが開いているんだが、あれはね……」

「飛行中の機内は気圧が高くなるから、ドアの内部から外方向に十二トンもの圧力がかかる。だからドアは開口部より大きく作ってあるけど、搭乗時は外側に開いている。これをいったん斜めにして内側まで引きこんでから閉じる。JAIでは気圧のチェックのために、離陸寸前まで開けているのね」

「……ご名答だ」笹島がつぶやいたとき、機内の照明が落ちた。ただの離陸手順だというのに、笹島はびくついてしまった。

美由紀の冷静な声が告げる。「離陸前に明かりが消えるのは、電力消費を抑えるためじゃなく、異常が発生して停電したときのために、乗客の目を慣らさせるため。乗務員はこの三十秒間、万一の状況を想像してイメージトレーニングすることが義務づけられている」

浮かばれると思う?」

「笹島さん」美由紀は前方を向いたままささやいた。「爆弾テロなんか働いて、ご両親が

「ああ、もちろん知ってるよ。……精神医学が専門だからね、僕は」

笹島は絶句した。そうならざるをえなかった。

やはり気づいていたか。いや、当然だ。千里眼の女に見抜けない謎などあるはずもない。

震える自分の声を笹島はきいた。「どうしてこの便だと……?」

「一年も前から計画してたことでしょ。宮崎の航空大学校で会ったとき、あなたは講義とは関係のない航空路のデータを持ってた。V17―V59―V52、大島から浜松、名古屋を通って小松に至る、空の道ね。さっき、わたしを秋田に行かせようとする寸前まで、あなたは自分の意志で都内に留まった。つまり起点は羽田。きょうの午後、羽田発小松行きの飛行機で、その空路で飛ぶのはJAI783便しかなかった」

「なるほど。あのときのこと、まだ覚えてたのか……」

「好摩にスクープを報じさせたのは、事前に情報があったにもかかわらず墜落をまぬがれなかったことにして、航空会社の責任を重くするため?」

「そう……だとも。航空業界は汚い。腐敗しきっている。いったん閉鎖されるべきなん

だ」

「好摩が首を吊《つ》ったのも……」

「あの男は金になびく。必要以上の情報まで提供しかねない。もともと、ケシを貢いでくるだけのつまらない男だった。捨て駒としては、惜しまれる存在じゃなかった」

「それで殺したっていうの？」

「美由紀さん。僕はね……」

笹島を制して美由紀は語気を強めた。「あなたは既婚者だった。奥さんの事業も褒められたものではなかったけど、あなたは彼女さえ裏切って、自己満足に走ろうとした」

「ちがう。きみのことは、本気で愛してたんだよ。いまもその想いは変わらない。……査問会議を覚えているだろ。きみは孤独で、僕もそうだった。きみとなら共有できると思ったんだ。ふたりで悩みを乗り越えたかった。まずは僕が行動を起こし、きみを守っていく。心にそう誓ったんだよ」

「行動って、あなたのやっていることは重大な犯罪よ」

「幻覚にとらわれている世間の目を醒《さ》ましてやろうとしているんだ。これは革命だよ」

「なんの話よ」

「旅客機の安全神話なんて、航空会社の捏造《ねつぞう》さ。人は本来、飛べない。神は人体に翼を与えてはくれていない」

「でも知恵を授けてくれてる。そうでしょ。人っていう高等生物は知恵によって発展する。良識もそこから生まれるのよ。あなたがご両親の事故に納得がいかないのが事実だったとしても、どうして大勢の人を犠牲にしようとするの？　どれだけ多くの人が、あなたと同じ辛《つら》い思いを味わわされると思ってるの？」

「飛行機なんて、危険だよ。アメリカの同時多発テロでも兵器の代替品に利用された。こんなものがあるから……」

「いいえ！」美由紀はぴしゃりといった。「あなたのような人たちがいるから、空の旅から不安が消えないのよ。もともと航空業界と乗客の関係は相互信頼によって成り立ってる。悪意ある人間より善意ある人間の存在を信じることで、地球上どこへでも飛んでいける奇跡の乗り物は実現し、身近なものになった。その信頼を逆手にとるなんて、人として許されることじゃないわ」

「人として？　それは……」

「あなたは人間以下ってことよ！」

笹島はめまいを覚えた。

判ってくれるはずの美由紀に、拒絶された。同じように両親を失ったはずなのに、この心を受けとめてはくれない。しょせんこの女も、綺麗《きれい》ごとに終始するだけの視野の持ち主でしかなかったか。両親を失った無念すらも消えてしまったのだろう。悲しみから執念を、執念から復讐《ふくしゅう》を、復讐から革命を。そのように連想してきた俺の心を、この女は理解してはくれない。

と、前のシートの男性が振りかえっていった。「まあまあ、おふたりとも。間もなく離陸だから。仲良くなさい」

乗客に笑いが沸き起こる。どうやら、ただの痴話喧嘩《げんか》だと思っているらしい。美由紀が戸惑いのいろを浮かべている。

周囲は状況を把握せず、油断している。逃れるならいましかない。

笹島は素早くシートベルトを外し、立ちあがった。美由紀が反応したが、同じくベルトを外すのに手間取っている。その間に、笹島は通路を後方へと駆けた。

いちばん近いドアはいままさに内部に引きこまれ、閉じようとしているところだった。フライトアテンダントが呆然《ぼうぜん》とこちらを見つめる。笹島はドアの隙間に頭から飛びこんだ。

外気のなかに放りだされる。だが気圧の変化はない。ここはまだ地上だ。

緊急時、滑り台などが存在しないときにも飛び降りられるよう、ドアから地面までは四メートルていどしか離れていない。笹島の身体はアスファルトに叩《たた》きつけられ、転がった。

全身に鈍い痛みを感じる。エンジン音で鼓膜が破けそうだ。

両耳をふさいで立ちあがり、笹島は必死で走りだした。頭上を見あげると、旅客機は徐々に速度を上げ、滑走路を前進していく。

思わず笑いがこぼれた。783便は離陸を中止しなかった。運命はもう変わらない。千里眼に見抜かれようと、未来は揺らがない。

高度

美由紀は全力で通路を駆け抜け、笹島を追った。だが寸前で笹島がドアの向こうに消え、直後にドアは密閉された。美由紀は怒鳴った。それを見た。

「待って！」美由紀は怒鳴った。「止めて！　あの人を逃がしちゃいけない！」

フライトアテンダントらが美由紀を抱きとめ、取り押さえようとしてきた。「お客さま。お席にお戻りになってください」

「だめよ。離陸を中止して」

乗客はざわめいていたが、それ以上にエンジン音がけたたましく響いた。振動はいっそう激しくなり、床は機首方向を上にして傾きだした。

離陸が開始された。美由紀は呆然とした。

笹島をこの機内に誘いこんだのは、彼の真意をたしかめると同時に、彼が乗っている以上、爆破はありえないという前提があったからだ。しかし彼は逃走した。それはつまり、墜落がもはや不可避となったことを意味していた。

男性の乗務員が近づいてきて、険しい目で美由紀を見た。「どうかなさいましたか」

「聞いて」美由紀はいった。「この機には爆弾が……」

「どうかお客さま、冷静に。まずはお席にお座りください」

「ほんとなのよ。好摩って人が雑誌の取材で発言してたでしょう。さっきの人がすべてを画策して……」

「お客さま、当機は厳重なチェックのうえで運航しております。どうか、ほかのお客さまに配慮していただきますよう……」

そのとき、ふいに音声が流れた。

低い男の声。笹島の声だった。「乗客のみなさまにお知らせがございます」

前方のモニターに、映像が流れた。それは、映画からダビングしたとおぼしき旅客機の墜落の瞬間だった。

「当機は、小松空港に着陸寸前、層雲を抜けたあたりで異常が発生し、墜落いたします。すべては点検整備、それ以前の航空機の構造上の問題であり、これを隠匿してきたJAIおよびボーイング社は厳しく非難されるものとします」

映像は次々に切り替わったが、どれもジャンボ機の墜落シーンばかりだった。映画もあればニュース映像もあった。笹島の音声は、延々とリピートしつづけている。当機は、小松空港に着陸寸前……。

乗客たちに動揺がひろがった。悲鳴があがり、シートベルトを外して立ちあがろうとする者もいた。フライトアテンダントが、事態の収拾に走りまわる。機内はパニックの様相を呈しだした。

男性の乗務員は、信じられないという顔で美由紀を見つめた。

美由紀は乗務員に告げた。「機長に会わせて。それと、すぐにDVDを止めて」

戸惑いながらも、乗務員は通路を前方に歩きだした。「こちらへ」

上昇中だけに、機首方向への通路は上り坂だ。それを足ばやに駆けあがっていく。あちこちで怯《おび》える声や、嗚咽《おえつ》がきこえている。恐怖が広がっている。

怖いよ。蚊の鳴くような少年の声を聞きつけたとき、美由紀は通路の脇に目を向けた。

座席のすぐ近くにしゃがんで、その少年の顔をのぞきこんだ。

隣に座っている母親に身をすり寄せて、泣きそうな顔をしている男の子に、美由紀は微笑みかけた。「心配しないで。すぐに地上に戻れるわ」

「ほんとに？」

「ええ、約束する。だから、きちんと座って。シートに背をぴったりと当てて。お母さんとは手をつないでいるだけでいいの。わたしからのお願い。いいわね？」

「……うん」

美由紀はうなずいてみせてから、立ちあがって前方に向かった。

スーパーシートの最前列を越えて、コックピットの扉に行き着いたとき、ちょうど乗務員のノックに応《こた》えて機長が姿を現したところだった。

「どういうことなんだね、なにがあった」と機長は乗務員と美由紀をかわるがわる見た。美由紀に目をとめ、たずねてくる。「きみは？」

「元空自、二等空尉の岬美由紀です。笹島雄介という男が爆弾を仕掛けました。おそらく機内からは手のつけようのない、貨物室のコンテナ内部だと思われます」

「なんだって？　なぜそんなことを……」

開いたドアの向こう、副操縦士が振りかえってきいてきた。「DVDのいたずらだけじゃないのか？」

「いいえ」と美由紀は首を振った。「彼は今回、墜落を機体の不備によるものと見せたがっているのではなく、故意による爆破だとあきらかにしたがっています。乗客にあのDVDを見せたのは、絶望に至るまでの恐怖が長ければ長いほど、その状況が乗客の携帯電話などを通じて家族に伝わり、飛行機恐怖症の人間が増えるという彼の持論を実践したものです」

機長はコックピットを振りかえった。「すぐに羽田に引き返す。管制塔に連絡を……」

「まってください。それは不可能です。ランディング・アプローチ中に機体は爆発します」

「確かなのか？」

「……ええ」

暮子の持っていた起爆装置に関する書類の数値。100＝1001・2、200＝989・5。あれは高度と気圧の関係を表すものだ。高度が低くなるほど気圧は上がる。高度百メートルなら千一・二ヘクトパスカル、二百メートルなら九百八十九・五ヘクトパスカル。

すなわち、気圧センサーから高度を割りだし、ある一定の高度を超えたら第一のスイッチが入り、ふたたび降下してその高度を割ったら爆発する、そういう仕組みを考えたのだろう。

「機長」美由紀はいった。「さっきDVDで笹島は、層雲を抜けたところにトラブルが起きるといってました。層雲は地上六百メートルあたりまで発生します。つまり、高度六百メートルの気圧、九百四十三・二ヘクトパスカルを超えると起爆装置が働くんです」

「なんてことだ」機長は愕然《がくぜん》とした。「高度六百メートル以下に降りられないなんて。着陸不可能じゃないか。燃料も小松への片道ぶんしか積んでいない。どこへも行けないぞ」

静寂が包む。絶望を伴う不快な沈黙だった。機体をどこに差し向けようとも、行き着くところは墜落しかない。

打つ手はないのか。美由紀は目を閉じた。思考をめまぐるしく働かせる。乗客たちの命がかかっている。二日間、この瞬間を回避するためだけに奔走した。いまに至って、なんの方策も思いつけないのか。

瞬間的に、頭に閃《ひらめ》くものがあった。そう、唯一の手段だ。ほかに方法はない。

美由紀は機長に告げた。「ご提案があります」

脱走

笹島は世田谷《せたがや》の自宅の地下室で荷造りに追われていた。

作業がはかどらないのは、片目、それも利き目でないほうの左目のみの視覚に頼っているせいでもある。右目は眼帯をしていた。

目を悪くしたわけではない。万一のための、いや、遅かれ早かれやってくる者に対しての保険だ。

三つのトランクに書籍や論文、着替え、パソコンと周辺機器を詰めこんでいく。すべてを持っていくわけにはいかない。クルマに載せる以上、重量にもあるていど制限がある。どれも思い入れのあるものばかりだ、品定めに時間がかかった。

本来なら、いまごろはリビングでくつろぎながら、デジタルハイビジョンのテレビで旅客機墜落のニュースをザッピングしつつ、ブランデーグラスでも傾けていられただろう。

それがかなわなくなったのは、岬美由紀があの旅客機に乗ったからだった。すでに墜落の時刻から二時間以上が過ぎているだろうが、美由紀はそれ以前に、機長とかけあって羽田の管制に事情を伝えているだろう。笹島雄介の名前もだしているにちがいなかった。

むろん、どうあってもJAI783便が墜落をまぬがれていることはない。高度六百メートル以下に降りられないと知って、羽田と小松の中間でむなしく旋回をつづけた挙げ句、標高六百メートル以上の山腹に激突して爆発、炎上と相成るだろう。

それでも、美由紀が先んじて連絡をおこなっていたのなら、実行犯として笹島の名が警察に伝わり、旅客機から逃亡したこともあきらかになっているだろう。

計画どおりにはいかなかったが、これで終わりではない。国を変えて計画を実行することもできる。暮子との結婚でせしめた資金もまだ潤沢にある。いまはまずここから退避することだ。

ラジオだけでも点《つ》けようかと思ったが、断念した。いまは聴覚も研ぎ澄ましておかねばならない。連中が来れば、音で判明する。

そう思ったとき、かすかにチャイムの音が聞こえた。

来た。チャイムはしだいにあわただしさを増す。それから、ノックの音。笹島さん。男の低い声が呼びかけている。

法律には詳しくない。家宅捜索が可能になるのか否か、笹島にはわからなかった。だが、家に踏みこんでくることは充分ありうる。少なくとも、これで玄関から出ることはできなくなった。

なにかが裂ける音がした。それから靴音。複数の人間が玄関からなかに入った。

来たか。笹島はため息をついた。予想より早かった。

地下室への階段はすぐに見つかるだろう。笹島がそう感じたとおりに、靴音は階段を降り、しだいに大きくなっていく。

笹島は扉から離れた。トランクをバリケードがわりに部屋の真ん中に並べ、容易にこちらに挑みかかれないようにしておく。

扉は、乱暴に開け放たれた。見かけた顔だった。好摩の首吊《つ》り現場を捜査した本庁捜査一課の七瀬卓郎警部補が、ほかにも大勢のいかめしい面構えの男たちを引き連れて入室してきた。

「笹島さん」七瀬は硬い顔のままいった。「旅行にでもお出かけで？」

「まあね。そちらは？」

「私の同僚と、国土交通省のかたです。知ってのとおり、あなたも離陸直前まで乗っていたＪＡＩ７８３便の件でうかがいました」

「玄関の鍵《かぎ》を壊して踏みこむ権限もおありなのかな」

七瀬は懐から折りたたまれた紙片をとりだした。「家宅捜索の令状なら、このとおり」

やはり許可が下りたか。国と航空業界の権威が失墜するかどうかの瀬戸際だ、役人ども は法解釈ぐらいいくらでも曲げることだろう。

「すると、私を逮捕するのかな」

「まずは任意で事情を聞きます」

「事情、ね。まあ、それもよかろう」

笹島はそう告げた瞬間、壁のスイッチを切った。

地下室は真っ暗になった。七瀬たちの動揺する声がきこえる。

すかさず笹島は眼帯を外して利き目を解放した。狙いどおり、暗闇に目を慣らしておいたおかげで、光を失った室内がおぼろげにでも視認できる。

警官と役人らはパニックさながらに怒鳴りあっていた。懐中電灯。スイッチを探せ、早く。誰もが虚《むな》しく手で空を掻《か》きむしっているのがわかる。気の毒に、明るいところから踏みこんだばかりの彼らには、現状は真の闇以外のなにものでもない。

笹島は奥にあるもうひとつの扉を開けて、ワインの貯蔵室を突っ切り、ハシゴを昇った。天窓から差しこむ光はない。もう日は没している。

天窓を開け、外にでる。ここは家の裏庭だった。風が強く、しかも妙に騒々しい。だが笹島は、すぐにはその騒音の正体を判別できなかった。まずは逃げだすのが先だ、その思いにばかりとらわれていた。

けれども、地上に立った瞬間、その音がなんであるかを知った。

まばゆいサーチライトが夜空に走り、笹島に舞台の照明のごとく向けられる。その目に痛い光源の向こう、けたたましい爆音とともに、UH60Jヘリのシルエットが浮かんでいた。

自衛隊の救難ヘリ。そこから一本のロープが地上に垂れ下がっている。

ロープから降下したのだろう、何者かが笹島の家の裏庭にたたずんでいた。こちらをまっすぐに見つめている。

サーチライトが逸《そ》れて、ヘリがわずかに遠ざかった。そのとき、笹島は向かいあっているのが何者か知り、心臓が口から飛びだすほどの衝撃を味わった。

「美由紀……」笹島は思わずつぶやいた。

頭上のヘリの飛行がもたらす断続的な突風のなかで、髪を泳がせながら、美由紀はそこに立っていた。冷ややかな目。どれほど図太い神経の持ち主でもたちまち不安にさせてしまうような、鋭く射るような視線。それが笹島に向けられていた。

「なぜ……」笹島が口にできるのはそれだけだった。「どうして……」

「墜落したとでも思った？　おあいにくさまね。旅客機は無事に空港の滑走路に着陸、けが人はゼロ。あなたの負けね」

「だ、だが……。高度を下げたら、起爆装置が……」

「ええ、高度六百メートル以下には降りられない。だから行き先を変更したの。あなたって、標的にした機体と航空路ばかりに気をとられて、それ以外に目を向けることがなかったのね。ＪＡＩ７８３便は行き先を変更した。長野の松本空港に」

「松本空港……？」

「標高六百五十七メートル、国内でいちばん高いところにある空港。気づいてみれば簡単な話だったわ」

頭を殴られたようなショックが笹島を襲った。

そんな方法があったなんて。七年ものあいだ準備して、そこまで単純な見落としがあったなんて。

「あきらめることね」美由紀は静かにつぶやいた。「運命はあなたに味方しなかったのよ」

分析

美由紀はサーチライトに照らしだされる笹島の姿を眺めていた。

自宅の裏庭で呆然《ぼうぜん》とたたずむ男、それだけだった。表情から窺《うかが》える感情は、虚無と憤り、そして悲しみの入り混じったもの。いたずらをして、逃げだそうとして捕まり、いじけてみせる子供。その表情と、なんら変わるところがない。

こんな男に、一時でも惹《ひ》かれた気分になった自分が腹立たしい。感情を読みとったからといって、思考のすべてがわかるわけではない、そのことを思い知った。笹島にとっての善意は、わたしにとっての悪意にほかならなかった。しかもいまは、笹島は彼自身がよかれと思った心情すら失っている。

乾いた声で美由紀はいった。「愛してるといった直後に、その対象を爆弾とともに置き去りにして逃走。おかげでやっとあなたの真意が測れたわ」

「それは、だな」笹島はまくしたててきた。「誤解だよ。あの場はああするしか……」

「なんのことよ。乗客を恐怖に陥れて墜落に向かわせる。それもあなたが自分の溜飲《りゅういん》を下げたいばかりに実行する、身勝手な犯行。結局あなたは、恐怖で人を屈服させることでしか自分の力を誇示できない。ただの愚劣な犯罪者よ」

笹島は泣きそうな顔になり、うわずった声でいった。「わかってくれないかな。同じ境遇、両親を失ったきみならわかるはずだよ……。僕はね、境界例なんだ。境界性人格障害に近いかもしれない。親が僕を溺愛《できあい》しすぎて、子離れしなかった。僕の分離不安を煽《あお》ったがゆえに、僕も両親に依存心を持ちすぎた。その親を失ったんだ、僕の心には当然のごとく復讐《ふくしゅう》心が燃えあがり……」

美由紀はかっとなって怒鳴った。「馬鹿いわないでよ!」

その剣幕に圧《お》されたかのように、笹島は表情を凍りつかせた。

「境界例?」美由紀は憤りとともにいった。「境界性人格障害? なるほど、トラウマ論がなくなったあと、自分の愚考を両親のせいにする好都合はそのあたりの症例に求められるのね。あなたも精神科医なら、それらの症状に本当に苦しんでいる人たちに失礼だと思わないの。あなたの欲求というのは、ぜんぶ子供のそれと同じ。力まかせで手に入らなければ、いっそのこと失わせてやる、その欲望と反発の繰りかえしね。女が思いどおりにならなかったら殺害する、つまり稚拙で未成熟な感情の発露。反社会性人格障害とみなす向きもあるだろうけど、わたしはそうは思わない。あなたはまともでありながら、ただ権威に対する劣等感の克服のためだけに無差別な暴力を行使しようとした。責任能力も充分にあった。真っ当な裁きを受けて反省することね」

「そんな」笹島は子供のように顔を真っ赤にして泣きだした。「そんなのってないよ！　人を……屈服させるのがいけないってのかい。現にきみもいまそうしてるじゃないか。両親を……俺の親を奪った奴らが、口先だけで同情をしめしながら、なにもしてくれやしない。俺を子供だと思って、わずかな金で手なずけようとした」

「あの航空会社はあなたに充分な補償をおこなった。それでも悲しみが癒《い》やされることはないだろうけど、世間で問題視されている補償の不足から比べたら、あなたはずっと優遇されてる。それでも相手の善意を信じられないなんて……」

「善意なんか、あるものか！　善意なんか……。人はわかりあうことなんかできない。欺いたり、嘘をついたり、自分を守るためにあれこれ謀《はかりごと》ばかりに思考を費やしてるのが人間だ。それがうまくいってれば心が浄化され、支障があって滞ればストレスが溜《た》まって不安定になる。精神科医になって確信した。人間はただそれだけの利己的な生き物なんだ」

　美由紀は、自分でも意外に思うほど穏やかな声で告げた。「それは違うわ」

　笹島は黙りこくって美由紀を見つめてきた。

「わたしにはわかるの」美由紀はいった。「人の感情が見えるようになって、わたしにはわかる。人の本質はそんなに闇にばかり閉ざされてはいない。誰もが信頼を求めてる。信じられる前に、まず信じようと努力してる。疑心暗鬼は、信頼に至るまでの道のりの途中でしかない。あなたはその第一歩すら、踏みだしてこなかった」

ヘリの爆音だけが響く。いつの間にか、夜の住宅街に赤い明滅があった。パトランプだった。家の周囲に、無数の警察車両が駆けつけている。

七瀬警部補らが、家の外側をまわって走ってきた。制服警官も続々と裏庭に踏みこんでくる。

嵐のように吹き荒れていた風が、ぴたりとやんだ。それと同時に、笹島は膝《ひざ》をつき、両手で顔を覆った。肩を震わせて泣き、涙のしずくは手からとめどなく零《こぼ》れおちていた。その涙が本物かどうか、彼みずからが判断を下さねばならないだろう。そう、彼の精神科医としての最後の仕事は、彼自身の精神分析だった。

笹島に詰め寄っていく警官隊の流れに逆らって、美由紀はひとり遠ざかった。

孤独感と虚《むな》しさが、ひさしぶりに胸にこみあげてくる。そう感じた。人はわかりあえる関係になれる。でもわたしは、その範疇《はんちゅう》から外れている。わたしは一方的に、人の感情を読んでしまう。相手がわたしの心をたしかめることさえないうちに。

視界が涙にぼやけそうになるのを堪《こら》えて、美由紀は歩きつづけた。泣くことは簡単だ、それで感情が解き放たれるのだから。笹島がそうだった。しかしわたしは、あんなふうになりたくはない。

自分の感情は秘めておけばいい。そうでなければ、誰がわたしを信じてくれるというのだろう。泣いているだけの女に、誰が救いを求めてくれるだろう。

連絡員

ジェニファー・レインはタイのプーケット島近海に浮かぶクルーザーの甲板で、リクライニング・チェアにおさまり、水平線に没していく夕陽をサングラス越しに眺めていた。アジアの海は波しぶきひとつとっても、どこかエキゾチックな味わいがある。太陽もヨーロッパとは違って見える。どこかけばけばしく、野蛮で、粗野で、それゆえに美しい。これから東アジアの国家間の勢力図が大きく描き換えられることを思えば、この光景は歴史の転換点の壮大な幕開けといえる。

サイドテーブルの上でコードレスの受話器が鳴った。

定時連絡か。愉《たの》しみに水を差す規則だ。ジェニファーは手を伸ばして、受話器をとった。

「はい」

「レイン特別顧問」いつもの連絡員の声だった。「見えない武器《インビジブル・ウエポン》の開発は無事完了。明日、ベトナムのホーチミン市の闇市でプロトタイプを見ることができるそうです」

「朝七時に入国するわ」

「それと……このシステムを最初に開発した、小峰忠志の一周忌が終わりました。大きな混乱もなく、事故を疑うような報道も見受けられないようで」

「ああ……。小峰君ね。彼も気の毒に。実験を成功させてわたしたちに開発データを譲渡した直後、飲酒運転で崖《がけ》から転落とはね」

「お悔やみのメッセージでも送っておくべきだったでしょうか？　むろんマインドシーク・コーポレーションの名は伏せますが」

「必要ないわ。故人の名誉を回復してあげる必要も特にないし。彼は彼なりに歴史に貢献した。それでいいんじゃない？」

「御意に。……最後にもうひとつ、われわれの関与していない日本国内の事件なのですが……」

「なんなの？　サンセットを鑑賞する時間を妨げてまで、無関係のニュースをわたしの耳に入れたいの？」

連絡員は臆《おく》したようすもなく告げた。「昨晩、国内便の旅客機に対し爆破テロを企てた男が逮捕されました。テロを阻止したのは、岬美由紀なる女とのことですが」

その瞬間、目の前に感じていた美は消え失せ、無意味なものになった。

ジェニファーは身体を起こし、サングラスをはずした。「岬美由紀……?」

「爆弾を仕掛けられた旅客機の特定から、犯人の動機、計画に至るまで、すべてを見抜いたのは〝千里眼の女〟だったと、日本の国内向けメディアが報じています」

憎悪の炎が静かに燃えあがるのを感じる。

岬美由紀、千里眼。またしてもあの女か。

「レイン特別顧問。本社上層部では千里眼の女が、見えない兵器についても存在を見抜く可能性があるのではと、危惧《きぐ》する声もあがっているようですが」

いらぬ世話だ。ジェニファーはいった。「ご心配なく。計画は予定どおり進めるわ。上層部にも動揺なきようにと伝えておいて」

「御意に」連絡員がそういって、電話は切れた。

受話器を床に叩《たた》きつける。何度か弾んで、海へと落下していった。

リクライニング・チェアの背に身をあずけて、空を見あげる。またしても出しゃばってきたか、岬美由紀。

だが、今度こそ邪魔はさせない。あの女がなにを画策しようとも、海の藻屑《もくず》と消え去る。あの女の想像をはるかに超えた規模の事態が起きるからだ。

そう思うに至って、ようやくジェニファーの心は鎮まりだした。幸運を、岬美由紀。己の無力さを痛感しながら、泣きじゃくって死んでいくそのさまをじっくりと見物してあげる。思い知らせてやるわ、あなたにも見えないものがあるってことを。

飛行機雲

降りつづいた雨があがり、東京の上空に澄みきった青空がひろがった。

朝九時半。岬美由紀は本郷通りの歩道に面したカフェテラスの前に、メルセデスを滑りこませた。エンジンを切ってクルマを降りると、季節の変わり目を爽《さわ》やかな風に感じる。雲をわずかに浮かべた空に遠雷のように響くのは、飛行機の音だった。見あげると、羽田方面に向かう旅客機の、点のような姿があった。

平和で穏やかな日常が戻っている。一週間ほど前に世間をにぎわした重大事件は、過去の幾多の同規模の事件と同じく、人々の記憶から消えつつある。

心に痛手を残すほどの惨事でないかぎり、世間は事件というものを忘れ去っていく。そこに関わった人たちの存在も、端《はな》から知らされていなかったかのように。

美由紀はオープンカフェに向かった。晴れた朝に事務局に出勤する場合は、ここに立ち寄るのが常だ。

厳かに響く東大安田講堂の鐘の音、風に揺らぐ並木の向こうに見え隠れする赤レンガの塀。あわただしい東京の朝に、ぽっかりと空いた異国のような安らぎの時間が、ここにはある。

テーブルを選ぼうとしたとき、すぐ近くの席に見慣れた顔があるのに気づいた。美由紀は声をかけた。「舎利弗さん」

三年前からずっと変わらない、小太りの身体つきに無精ひげを生やした、どこかおどおどとした感のある舎利弗は、分厚い専門書から顔をあげた。

いつものように舎利弗はきょとんとした目を美由紀に向けてきた。「やあ……ひさしぶり。ここで会うなんて……」

「ほんと、しばらくぶり」美由紀は笑って、向かいの席を差ししめした。「ここ、いい？」

「ああ、いいよ、どうぞ。当然のことながら、僕はひとりだし……」

「あいかわらずね。この三年間、ずっと朝から夕方まで事務局に詰めて、その後はまっすぐ家に帰ってる。みんなあなたのことをそんなふうに噂してるけど……」

「事実だよ。僕はカウンセリングが苦手でね。あちこち行かされるのは御免だから、理事長にいって内勤にしてもらってる。事務局も電話番は必要だしね」

美由紀は思わず笑った。

舎利弗が目を丸くする。「なにかおかしかった?」

「いえ……。三年前も、あなたが暇だったから、わたしを指導することになったんだろうな、って」

「まあ……そうだろうね。もっといい教師だったら、きみも今よりずっと伸びたんだろうけど……」

「とんでもない。あなたは最高の先生だったわ。いまも尊敬する気持ちは変わらない」

「そう?」

「ええ」

「そりゃ……よかった」舎利弗は照れ笑いを浮かべながら、コーヒーカップを口もとに運んだ。

しばしの沈黙のあと、舎利弗はふと思いついたようにきいてきた。「そうだ、あの精神科医の笹島先生の話……」

美由紀は心にもやが広がるのを感じた。このところはどこに行っても、彼の話ばかりだ。

「いま警察が取り調べ中なの。起訴に至るのは確実だし、それから裁判ね」

「きみも出廷して、証言するのかな」

「たぶんね……」

「なあ、美由紀。……思うんだけど、今回のことできみは成長したんじゃないかな」

「っていうと?」

「臨床心理士になった一年前まで、きみは人の顔を見て感情がわかってしまうことに、抵抗をしめしていたと思うけど」

「その後もそうよ。本心なんて見抜けないに越したことはない、いつもそう思ってる」

「いまは変わってきてるんじゃないか?」

美由紀はぼんやりと虚空を見つめた。

実感はなかったが、たしかにそうかもしれない。この特異な才能を持つ重要なきっかけになった笹島との関係、そこに区切りがついて、わたしには見えてきたものがある。人が千里眼などと持て囃《はや》すこの技能は、ただ数奇な巡りあわせによって偶然手にいれたにすぎない、以前はそう思っていた。しかし、いまは違う。これは運命だった。

舎利弗はいった。「きみが自衛隊を辞めたのは、そもそも笹島のトラウマ論に疑惑の目を向けたからだった。きみのその直感は結局、的を射ていたんだ。結果的にきみは彼の暴走を食いとめる立場になった。そのために必要な能力が三年のあいだに培われ、いま役立った。すべてが終わって、きみには誰にも真似できない技能が残された。その力を世のために惜しみなく発揮することだよ。それがきみの使命みたいなもんだ」

「そうね」美由紀はうなずいた。「いまではたしかに、そう思える」

人の感情を瞬時に見抜く、その特技を持ったことを恨んだ日もあった。これからも時おり、孤独を感じる日もあるかもしれない。

しかし、もうわたしはそんな自分を否定しない。この能力とともに歩んでいく。わたしが心を読むことによって、救える人がいるかぎり。

ふと、テーブルに影がおちているのに気づいた。顔をあげると、友人の高遠由愛香がスーツ姿でたたずんでいた。

にっこり笑って由愛香はたずねてきた。「注文、早くしてくれる？　うちも商売だしね」

「あ、由愛香。座って」美由紀は舎利弗にいった。「彼女、ここの経営者なの」

舎利弗は軽くむせながら、目を見張った。「そうなの？　美由紀の友達かい？」

「まあ、そうね」

「驚いたな。……やっぱ、きみみたいな人にはセレブなお連れさんがいるんだね」

「舎利弗先生もこのあいだ、プライベートのお仲間と集まりを持ったって聞いたけど」

「あれは……ネット仲間のオフ会みたいなもので、映画とかドラマ好きの連中ばかりが気にいったソフトを持ち寄っただけで……」

由愛香が舎利弗に笑いかけた。「楽しそう。わたしも映画はよく観ますよ」

美由紀はふと思った。女性とほとんどつきあったことがないという舎利弗に、きっかけを世話するのも悪くない。

「ちょうどよかった」と美由紀はいった。「由愛香も舎利弗先生の集まりに参加したら？」

だが、舎利弗は緊張の面持ちで由愛香を見かえすと、たどたどしい口調できいた。「え……じゃあ、あの……ジョージ・A・ロメロって監督知ってる？『ゾンビ』の」

ふいにしらけた空気の漂うテーブルで、由愛香が無表情に首を振った。「知らない」

「ああ、そう……」

「ごめんなさい。シネマサークルってすてきだとは思うんだけど……」

弁明に入った由愛香の顔を見た瞬間、美由紀にはその心が見抜けた。映画の趣味が合わないという理由のほかに、彼女はいま新しい出会いを欲していない状況にある。

「由愛香」美由紀は友人を見つめてたずねた。「彼氏とうまくいってるみたいね？」

大仰なほどに驚きのいろを浮かべて、由愛香は見かえしてきた。「どうしてわかるの？」

「そりゃ、わたしには……」

ところが、舎利弗も目を丸くしながら口をはさんだ。「僕もびっくりしたよ。恋愛感情を見抜けるなんて。きみにとっては、大の苦手だったはずだろ？」

「……いえ、でもそれは男性が女性に向ける恋愛感情で……」

「いや。きみは女性のそういう感情にもかなり、無頓着《むとんちゃく》だったはずだよ。なんていうか、そのう、ひきくらべて感じられる自分の経験が少ないのかな、と……。ああ、ごめん。別に深い意味は……」

美由紀は黙りこくった。

そういわれてみれば、そうだった。けれどもいまは違う。さも楽しそうに由愛香が身を乗りだしてきた。「この気持ちがわかるようになったってことは、美由紀、あなたにも誰かいい人見つかったの？」

見つかってはいない。それでも、同じ感情なら経験した。

あの横浜港の古びた管理小屋で、肩に手をまわしてきた笹島の横顔が、目の前にちらつく。わたしに向けられた、あのまなざし……。

自然に指先が襟もとに触れた。あのフリースのマフラーも、いまはない。

美由紀はため息とともに、その思考を頭から遠ざけた。

「知ってるわよ、恋する気持ちぐらい」美由紀はつぶやいて、遠い空に目を移した。

いつしか、ひとすじの飛行機雲が、ひろびろとした空にたなびいていた。

著者あとがき

本書は、過去七年にわたり十二作を上梓《じょうし》させていただいた「千里眼」の、新たなるシリーズの第一作です。

この新シリーズでは、旧シリーズとは異なる設定がいくつかあります。

岬美由紀の能力についてですが、「目の動きで相手の考えがわかる」という理論が舎利弗浩輔によって一蹴《いっしゅう》される展開に、驚かれたかたも多いと思います。最初に「千里眼」を書いた一九九九年の時点では、心理学という分野はまだまだファンタジックな解釈をもって紹介されることが多く、科学的根拠が希薄な「心理テスト」という名の占いや、興味本位の読心術のテクニックが喧伝《けんでん》されていた時代でした。

それらすべてが事実と確認されていたわけではなかったのですが、旧シリーズではそういうケレン味あふれる仮説もすべて含めて、千里眼である岬美由紀の能力にしてしまおう、という意図のもとに世界観を構築しました。いわば、空想の世界に片足を突っこんでいることを前提としたストーリーで、ゆえにミステリーでもSFでもない、独特の雰囲気をお楽しみいただきたいというスタンスだったのです。

旧シリーズは全十二作で、岬美由紀が友里佐知子の伝説を凌駕《りょうが》し真の千里眼の女と呼ばれる域にまで成長し、完結しました。と同時に、長期にわたるシリーズであるがゆえに、現実の世界とのギャップが徐々に重視されるようになってきました。

岬美由紀が相手の心を見抜くテクニックについて、より真実に近いかたちにしてほしいという声も多く寄せられていましたし、臨床心理士という職種についても現実寄りに描いてほしい、身近な問題を解決するストーリーを読みたいというご意見も多く頂戴《ちょうだい》しました。

かつて「すべては心の問題」と見なされていた精神面の疾患は、脳内のニューロンに情報伝達を促進する神経伝達物質の段階で起きる障害に原因を求めるなど、より物理的で現実的な解釈が主流となってきました。ひところ流行った「抑圧された幼少のトラウマ」を呼び覚まして自己を回復する「自分探し」療法は、いまや前時代的な迷信とされつつあるのです。

新シリーズでは、旧シリーズの物語を踏襲しながらも、これら科学的視点が求められる設定については極力リアルに描こうという姿勢で臨んでいます。

臨床心理士という職業に関しては、資格制度やそれを取り巻く状況が年々変化しています。これは国家資格化を目指してより厳格かつ適正な審査をおこなおうとする関係者の努力を反映したもので、現在では旧シリーズで岬美由紀や一ノ瀬恵梨香が資格を取得した「B審査」は廃止されていますし、かといって旧シリーズ初期作の時点で近未来を想定して書いた設定の数々——すでに国家資格化していたり東京カウンセリングセンターなる専門機関が発足しているという状況までには、いまだ至っていません。けれども、数年先にはまた新しい展開を迎えるかもしれません。

そこで、本作に始まる新シリーズにおいては、現実を踏まえながらも若干アレンジした形でこの専門職について描いていこうと思っています。協会事務局の名称や所在地などを事実とは変えたこともその一端ですし、面接の際に審査する側の人数が現実よりも増えていることや、事務局でもカウンセリングを受け付けていることなど、近い将来そうなるのではという僕の主観的な想像によるものです。防衛大首席卒業者に指定大学院修了と同じ審査資格が与えられるというのも、作中のみにおける設定です。

世界観を現実に近づけながらも、時にリアリズムにこだわり、時に未来的な物語に挑戦していくスタンスは旧シリーズから変わりません。そして岬美由紀という完全無欠のヒロインを、より人間味溢《あふ》れる女性として描くことで、新たな感動や知識、哲学をご提供させていきただきたいと考えています。

本作で初めて「千里眼」を読まれるかたにも、ご満足いただけると思います。
今後とも新シリーズの岬美由紀の活躍を、存分にお楽しみください。

著者

二〇〇六年十二月十四日

解説

三橋　暁

あのスーパー・ウーマン、岬美由紀が帰ってきた。それも、バージョンアップした新シリーズのヒロインとして。ここに、その開幕編にあたる『千里眼　The Start』をお届けする。

松岡圭祐の「千里眼」シリーズは、一九九九年に同題の第一作が刊行されて以来、一ダースもの作品が読者のもとに届けられてきた。シリーズを通して四〇〇万部を超えるセールスというのは、まさにエンタメ系の小説シリーズとしても破格の人気ぶりで、たちまちのうちに映画化(二〇〇〇年・東映・麻生学監督)されたのも、まだ記憶に新しいところだ。

千里眼シリーズには、世界を股《また》にかけたスケールの大きなエンタテインメント性に加えて、ハードカバーと文庫版で内容が異なったり、別シリーズの人物が登場するなど、松岡作品に共通する実に油断のならないキメラ的な小説世界が、より顕著にあらわれているところにも大きな特徴があった。これまでの作品世界を超えて繰り広げられる新シリーズも、まさに千里眼ならではの新展開と言っていいだろう。

さて、興味津々の新シリーズだが、従来の千里眼シリーズとの違いについては、作者自身のあとがきに詳しいし、旧来からのファンにはそもそもそこが本作の最大の読みどころであるところから、拙稿では詳しくは触れない。しかし、刊行出版社も替わり、本作で初めてこのシリーズを手にする読者もいるに違いないので、作者とシリーズについて、軽くおさらいをしておくとしよう。

作者の松岡圭祐は、一九九七年に書き下ろしの長篇小説『催眠』(小学館刊)で作家デビューを果たした。デビューを作家と断わったのは、本人がそれ以前からテレビというメディアを通じて、タレントとして世間には知られた存在だったからだが、現在はその活躍の分野を完全に作家業へとシフトさせている。

そのデビュー作『催眠』は、作者の心理療法士というキャリアを活かした意欲的な長篇小説で、催眠療法(ヒプノセラピー)のエキスパート嵯峨敏也を主人公に、精神医学の分野に広がる迷宮へと読者を誘い、大ヒットとなった。稲垣吾郎が主人公の嵯峨役を演じる映画化(99年・東宝、落合正幸監督)やテレビドラマ化(二〇〇〇年・TBS、西谷弘演出)は、原作のベストセラーに拍車をかけるかたちになったが、異常心理を扱ったサイコロジカル・スリラーとしての新機軸も読書界でも高い評価を受けた。

デビュー作の大きな成功を受け、作者は『水の通う回路』（現在は『バリア・セグメント』と改題、加筆）、『煙』（『伏魔殿』と改題、加筆）と、次々に野心的な作品を世に問うていく。一方、『催眠』をシリーズ化していったように、作者はひとつの問題提起をさらに深めていくという小説の形式にも意欲的で、天才少女マジシャンと警視庁の古株刑事がコンビを組む「マジシャン」シリーズとともに、力を注いだのがこの「千里眼」のシリーズだった。

主人公の岬美由紀は、二十八歳の臨床心理士である。シリーズは、ヒロインは歳をとらないというルールにのっとっており、新シリーズでもそれは踏襲されている。ゆえあって、航空自衛隊を除隊した過去があるが、本作の冒頭でもそのエピソードが語られる。母校である防衛大の教官たちが語る彼女は、類稀《たぐいまれ》なる記憶力と運動神経の持ち主で、頭脳明晰《めいせき》。ほっそりとした抜群のプロポーションを誇り、大きな瞳《ひとみ》に鼻すじは通り、薄い唇とあるから、これは文句なしに美貌《びぼう》の持ち主といっていいだろう。

先に挙げた映画では、水野美紀がその岬美由紀役を颯爽《さっそう》と演じたが、シリーズの第十二作目にあたる『千里眼　背徳のシンデレラ』の表紙カバーには釈由美子が岬役として登場し、話題を呼んだ。これは、インターネットの作者サイトで、「岬美由紀にもっとも近いイメージを持つ女優は誰か？」というアンケートを行い、その際人気を集めた釈由美子をイメージ・キャラクターとして起用した企画で、「ゴジラ×メカゴジラ」の寡黙なアクション・ヒロイン像で人気を博した釈と岬のイメージをダブらせ、ぴったりだと得心した読者は多かったに違いない。

このように、この千里眼シリーズの人気の秘密は、岬美由紀というヒロイン像にあるといっても過言ではない。しかし、こうして広く読者の支持を集めた岬美由紀だが、わが国では長らくスーパー・ヒロイン不在の時代が続いていた。

スーパー・ヒロインものの系譜としては、古くはバイオニック・パワーで超人として甦《よみがえ》った主人公をリンゼイ・ワグナーが演じた「地上最強の美女！バイオニック・ジェミー」や格闘技と美貌を武器に探偵社の調査員として大活躍する美女三人組（初代はケイト・ジャクソン、ジャクリン・スミス、ファラ・フォーセット・メジャーズ）の活躍を描く「地上最強の美女たち！チャーリーズ・エンジェル」など、七〇年代後半にアメリカで製作され、日本でも放映された人気テレビドラマが、大衆性という点からは嚆矢《こうし》といえるだろう。

さらに映画の方面には、ヘレン・スレイターが女性版スーパーマンを演じた「スーパーガール」や、「バットマン リターンズ」でミシェル・ファイファーが演じ、のちにスピンオフで単独作品が製作された「キャットウーマン」（ハル・ベリーが主演）、さらには先の「チャーリーズ・エンジェル」の映画版（三人組を演じたのは、キャメロン・ディアス、ドリュー・バリモア、ルーシー・リュー）などがあった。

わが日本でも、原作がコミックであった「スケバン刑事」や「美少女戦士セーラームーン」といった例はあったが、大人のファンをも共感させるヒロインは、この岬美由紀の登場を待つしかなかった、といっても過言ではない。すでにシリーズは一ダースを超える長きにわたっているが、こうしてさらなる新シリーズがスタートするなど、その人気は一向に衰える気配がない。

さて、その岬美由紀がどういう人生を歩んできたかについては、新シリーズの開幕編である本作の中でも詳細が紹介されている。スーパー・ウーマンとしての能力は、防衛大に在学中に学んだ語学、格闘技、情報処理や電子工学などに負うところが大きい。しかし、彼女の誇る最大の武器はといえば、いうまでもなく千里眼の能力である。

本作によれば、主人公は臨床心理学を学ぶうちに、常人離れした動体視力も手伝い、この特殊なスキルを自分のものとしていくわけだが、人の表情の微妙な変化からすべてのことを読み取ってしまう技術は、一種の超能力といってもいいだろう。彼女のこの特殊な力については、友人たちが警戒し、やがて離れていくエピソードが本作中にもあるように、自らを滅ぼす可能性もある両刃《もろは》の剣なのである。

そんな超能力者の悲劇を扱った作品としては、スティーヴン・キングの『デッド・ゾーン』や宮部みゆきの『龍は眠る』などがあるが、本作がそれらの作品とはまた違った魅力を放つ理由は、主人公岬美由紀のアイデンティティにあるのではないか。すなわち、そういう逆境を抱えながらも、それをポジティブな方向に転化させてしまうような陽性のエネルギーを彼女は備えている。本作『千里眼 The Start』を読み終えたあとに残る、心地よさというか、希望のようなものを孕《はら》んだ独特の読後感は、まさにそんな陽性のエネルギーの余韻とでもいうべきか。

さて、かくして新シリーズは開幕した。しかし、すでに早くも新シリーズの続編、しかも二冊の新作が、本書と同時に書店にならんでいる筈《はず》だ。すなわち、謎の街へと連れ去られた岬美由紀、そして本作にもちらりと顔を出す〝消えるマント〟の開発をめぐる『千里眼ファントム・クォーター』、さらには旧日本軍が開発した生物化学兵器が猛威をふるい、岬美由紀がそのワクチンを手に入れるためにファントムの操縦桿《かん》を握る『千里眼の水晶体』の二作である。本作で巻を措《お》く能《あた》わずの面白さを体験された読者は、どうかこの二作へと駒を進めていただきたい。

新シリーズの展開に拍車をかけるこれらの作品をはじめとして、岬美由紀の千里眼ワールドは、これからもさらなる進化を遂げていくに違いない。

（ミステリ・コラムニスト）

松岡圭祐　2007年著作リスト

『千里眼　The Start』（角川文庫・１月）
『千里眼　ファントム・クォーター』（角川文庫・１月）
『千里眼の水晶体』（角川文庫・１月）
『千里眼　ミッドタウンタワーの迷宮』（角川文庫・３月）

『催眠II　催眠高校』（講談社文庫・４月刊行予定）
『催眠III　催眠指南』（講談社文庫・４月刊行予定）

次回作（発売中）
千里眼　ファントム・クォーター

PASSWORD : mts6246

本書は書き下ろしです。

この物語はフィクションです。登場する個人・団体等はフィクションであり、現実とは一切関係がありません。

千里眼《せんりがん》 The《ザ》 Start《スタート》

松岡圭祐《まつおかけいすけ》

角川文庫 14548

平成十九年一月二十五日　初版発行

発行者―井上伸一郎

発行所―株式会社角川書店
東京都千代田区富士見二―十三―三
電話・編集（〇三）三二三八―八五五五
〒一〇二―八〇七八

発売元―株式会社角川グループパブリッシング
東京都千代田区富士見二―十三―三
電話・営業（〇三）三二三八―八五二一
〒一〇二―八一七七
http://www.kadokawa.co.jp

印刷所―暁印刷　製本所―BBC

装幀者―杉浦康平

定価はカバーに明記してあります。

ま 26-101　ISBN978-04-383602-4　C0193